Re:從零
Re: Life in a different world from zero
開始的異世界生活

宛如螢火蟲如夢似幻的光點，
開始包圍在銀髮少女的周圍，
令人不禁遲疑這是否為人手可觸及的光景。
在超自然的存在中，
唯有被允許者方能置身於此聖域。

Out+
+Off

Characters

Re: Life in a different world from zero

The only ability I got in a different world "Returns by Death"
I die again and again to save her.

菜月・昴

Subaru Natsuki

突然被召喚到異世界的高中生。

無知無能，無力無謀。

重度脫線，是本故事的主角。

???

???

昴在王都邂逅的神祕美少女。

好像在找什麼東西的樣子……

帕克

Pack

等同神祕美少女家人的貓精靈。

萊因哈魯特

Reinhard

被稱為「劍聖」，騎士中的騎士。

羅姆爺

Romjii

贓物庫的主人。
負責管理和販售贓物，
識別貴重物品的眼光很精準。

艾爾莎

Elsa

散發著妖豔氣息的美女，

似乎是菲魯特的交易對象。

卡德蒙

Kadomon

強健體格和嚴肅容貌為其最大特徵——

雖然他只是一介商人。

菲魯特

Felt

在王都貧民窟長大，

主要以扒竊和偷盜為生。

Re: Life in a different world from zero

The only ability I got in a different world "Returns by Death"
I die again and again to save her.

CONTENTS

Re:從零開始的異世界生活1

長月達平

青文文庫

封面・內彩、內文插畫●大塚真一郎

序章　『開始的餘溫』

——這下真的糟了。

臉部品嚐到堅硬地面的觸感，這才知道自己是趴倒在地。

全身使不上力，連手指都失去知覺，只有「熱度」支配全身。

——好熱、好熱、好熱、好熱、好燙、好燙、好燙！

不停咳嗽，咳到視為生命之源的東西都快從喉嚨湧出。咳著咳著開始咳血，嘴角漾著血泡。朦朧的視野裡，只看到被染成鮮紅的地面。

——啊啊，這些全都是我的血嗎？

陷入體內血液流光的錯覺，同時伸著顫抖的手找尋快將身體燃燒殆盡的「熱度」源頭。手指碰到腹部的撕裂傷時，他這才明瞭了。

難怪會覺得燙，原來是把「痛楚」錯認為「熱度」了。強烈的撕裂傷幾乎把身體分為兩半，只剩下一層皮勉強連在一起。

換言之，現在面臨了人生的「死局」。

理解到這點的瞬間，意識急速遠離。

眼前鋪著鮮血地毯的地面，被黑色皮靴踩出波紋。

有人在這，而且這個人八成就是殺了自己的兇手。

然而，他卻沒想要拜見這個人的尊容。那種事根本就無所謂。

——唯一的期望，就是她能平安無事。

「——昴？」

宛如銀鈴的聲音傳來。聽到那個嗓音，能聽見那個嗓音，可說是他最大的救贖。所以——

「——呃！」

一聲簡短的哀嚎，鮮血地毯又迎接了某人。

倒臥的身軀就在旁邊，那兒還有自己丟人現眼伸長的手臂。

無力落下的雪白之手，和自己染血的手微微交握。

微動的指頭，似乎想要回握他的手。

「……妳等著。」

抓住即將遠去的意識尾端，硬是轉頭爭取時間。

「我一定——」

——會救妳的！

下一秒，菜月昴死亡。

第一章　『開始的結束』

1

——這下真的很糟糕。

身無分文又走投無路，他的心中被類似的字眼給埋沒。

正確來說，不算是身無分文。口袋裡的錢包裝了他所有的財產，照理來說還是可以買一些東西。儘管如此，眼前的狀況依舊只能用「身無分文」來形容。

「貨幣果然完全不一樣啊。」

用手指彈起手中的十圓硬幣——稀有的「鋸齒十」（註1），少年深深嘆氣。

他是個沒啥特徵的平凡少年。有著黑色短髮，身高不高也不矮介於平均值，體格可能有鍛鍊過，還算有肌肉，便宜的灰色運動服穿在身上顯得格外合適，唯有三角眼的銳利眼神讓人有印象，但如今因眼角無力下垂而失去了霸氣。

混在人群中一瞬間就會看丟的平庸外貌——但現在人們投向他的眼神，都像是看到了稀奇古

※註1：昭和26～33年期間製造的十圓硬幣，邊緣都是鋸齒狀溝紋。

怪之物。這也是當然的，畢竟放眼望去，看著少年的人群當中沒有一個人是「黑髮」，更別提穿著「運動服」了。

他們的頭髮以金色、紅色、咖啡色為大宗，甚至連綠色、藍色都有。穿著方面有人套著鎧甲，有人披著像舞孃的服裝，還有人全身罩著黑色袍子，誇張得可以。

暴露在不客氣的視線中，少年雙手環胸，同時認清了事實。

「也就是說，這就是那個吧。」

他彈響手指，指向看著自己的人群說：

「——所謂的異世界召喚。」

此時他眼前跑過一輛被巨大蜥蜴拉著跑的馬車。

2

菜月昴是出生在太陽系第三行星‧地球的日本男兒，家庭也是極為普通平凡。

要大略形容他這十七年的人生，光是前文就已足夠，若要補充說明的話，就是「公立高中三年級拒絕上學的學生」。

升學或就職。立於人生岔路的時候，人就必須做出決定。每個人都稱這個不請自來的要求為人生，但他比其他人稍微擅長的，就是逃離討厭的事物。結果自行放假缺課數越來越多，等到回過神時，他已經成了讓雙親痛哭流涕的「懼學症學生」。

「最後還被召喚到異世界，是要我變中輟生就對了……我已經搞不清楚了啦。」

感覺像是做了一場惡夢，但不管是捏臉頰還是用頭撞牆壁都不會清醒。

只能嘆氣的昴，離開充滿好奇視線的大馬路，走進一條巷子內，坐在鋪有石板的地面上。

「假設我現在是在奇幻異世界中，文明方面照慣例跟中世紀很接近。觀察之下是沒看到機械類的道具，不過地面鋪著石板又很平整，代表有一定的技術……錢當然是沒辦法用。」

能否和當地人溝通，以及對物品價值觀的認知，這些在昴發現自己被召喚到異世界後就立刻確認過。

很幸運的語言相通，買賣交易的貨幣是金、銀、銅幣。為此還惹得一開始接觸的水果店老闆不高興。

能夠快速理解這種狀況的原因，在於現代的日本年輕人都深受動畫、遊戲毒害。不過以目前來看反而很慶幸，講到「異世界召喚」這種現象，對青春期的男生來說是一種夢想也不為過。話雖如此……

「福利措施不做好一點，像我這種無知的年輕人根本沒辦法過活啊。」

有鑑於目前的窘境，以及過於寒酸的初期裝備，昴口吐軟弱之語。

手機（快沒電了），錢包（有很多錄影帶出租店的會員卡），在便利商店買的杯麵（豚骨醬油口味），同個地方買的零食（玉米濃湯口味），愛穿的灰色運動服（還沒洗），穿舊的運動鞋

（鞋齡兩年），就這樣了。

「好歹讓我拿一把王者之劍吧。這下根本就完蛋了啊，怎麼辦啊？」

畢竟是在便利商店買完東西後才被召喚到異世界，所以很無奈。但無奈也只有一下子。

在異世界唯一能派上用場的零食，因為肚子餓而吃掉了一半。當注意到那是寶貴的食物後，後悔於焉湧出。

拜託這只是一場誇張的整人節目。即使心存冀望，但穿越馬路的蜥蜴馬車和往來行人的目光，都背叛了這一絲希望。

「不管是蜥蜴還是亞人類，大家都看也不看就直接走掉，連吐嘈都沒有。」

發牢騷的昴，視野中不斷出現穿著奇裝異服還有髮色色彩繽紛的人群。然而最將他推向異世界現實的，就是亞人類的存在。

放眼望去，處處可見「犬耳」和「貓耳」，還可以瞥見長得像「蜥蜴人」的變種人。才剛這麼想，就看到也有外貌特徵跟自己無分軒輊的人類。

「亞人類隨處都有的世界，通常都伴隨著戰爭或冒險。先不管有沒有眼熟的動物，蜥蜴會拉馬車倒是變化出——不錯的新功能啊。」

整理完現有資訊，昴吐出比嘆氣還要長的一口氣。要是劇情按照妄想發展的話，接下來昴應該會大展現代知識而活躍於異世界。

——不過，無法理解。

「目前的狀況是走投無路，而且完全不知道被召喚的原因。我不記得有穿過鏡子或掉進水池，話說回來如果我是被召喚的話，那召喚我的美少女在哪？」

異世界裡不可或缺的女主角跑哪去了？在二次元的世界中，這可是不可饒恕的怠忽職守。毫無目的地把主角召喚出來又扔下不管，簡直就跟始亂終棄沒兩樣。

確認完事實和現狀的昂，除了逃避現實以外別無他法。

「唉——要說的話，這跟在原本世界窩在房間裡頭一樣嘛。」

雙親的面容掠過腦海，不過現在可沒閒工夫思鄉，得先想辦法脫離現況。這麼想的昂起身邁向大馬路，這時……

「唉喲，對不起。」

正要走出巷子，昂就和剛好走進來的人影擦肩而過。他連忙向撞到的人道歉，然後側身離開。

「——嗚，好痛！」

肩膀突然被人自後方抓住，身體就這樣被拖進巷子。空踩雙腳回頭一看，是一名塊頭大到能輕鬆把昂扔進巷弄的男子，身後還跟著兩名同伴。三人移動位置，堵住了巷道內的去路。

看他們動作如此嫻熟，昂有不好的預感。

「不好意思……可以請問一下你們到底想幹嘛嗎？」

「你好像還不了解自己的立場呢。算了，把值錢的東西交出來，省得皮肉痛。」

「啊——果然是這樣啊……唉，真的是這樣呢。哈哈，這下可慘了。」

投以輕蔑和嘲弄視線的男子們，年約二十歲左右，內在的卑劣完全表露在臉上。他們雖然不是亞人類，但絕非善類。

刻意安排這種日常生活常見的威脅，遭遇小混混。也就是說……

「糟糕，觸發強制事件了。」

3

面對賊笑的男子們，昴跟著諂媚陪笑，同時開始思考。

雖然陷入危機，但自古以來被召喚至異世界的人，按照慣例都會發揮超乎常人的力量。既然昴被召喚的條件和多數的異世界之旅相同，那麼昴極有可能具備某種特殊能力。這麼一想，身體就變得輕鬆了起來。

「說不定這裡的重力是我那個世界的十分之一。可以，我可以的！把他們全部打倒，讓他們成為我光明未來的糧食，還有經驗值。」

「這傢伙嘀嘀咕咕地在講些什麼？」

「聽不太懂他在講啥，可是我知道他把我們當白痴。殺了他。」

「那是我的台詞……你們會後悔的。喝！」

說完，昂使盡渾身力氣，朝帶頭的大塊頭揮出右直拳。拳頭完美地命中對方的鼻梁，然而，撞擊到對方門牙的拳頭卻開始流血。

——這是我第一次揍人！比想像中的還要痛啊！

雖然沒有餘裕模擬開打的狀況，不過這真的是昂第一次跟人打架。被打的男子倒在地上，昂順勢躍向另一名驚訝的男子。

畫出弧形的腳掌命中男子的頭部側邊，第二名對手撞向牆壁因而昏厥。

第一戰的戰況好到沒話說，「異世界無雙」在昂的心中逐漸轉為確信。

「果然在這個世界的設定，我是很強的！腎上腺素分泌所以強得沒話說——」

勇猛地回過頭，昂彎曲身子準備揍向最後一人。

然而，卻看到對方手上拿著一把亮晃晃的刀子。

昂的身體就這樣雙膝跪地，上半身完美地折疊起來，額頭摩擦地面。

「對不起，全都是我不好，請您大人大量饒了我這條小命——！」

跪地求饒。將向對方投降的心意表現到極致，搭配最低限度的大和之心。

方才盛氣凌人的態度蕩然無存，還可以聽到血液從全身流失的聲音。昂拼死動之以情，縮小身子不斷謝罪。

畢竟刀劍無情，被刺到的話就算是鐵打的身軀也要謝幕，諸行無常啊。

回過神來，發現應該倒地的兩人又復活了。一個按住流著鼻血的臉，一個甩甩頭，全都意外的有精神。

「啊咧!?我的一擊必殺只有這種程度?召喚的真理跑到哪去了?」

「一直講些別人聽不懂的話,你膽子不小嘛!」

召喚的真理完全出了岔子,昴並沒有變得多強。

趴跪在地的臉被人從上方踩踏,額頭撞到地面而鮮血直流。接著臉被踢了一腳,然後接二連三的暴行施加在拚命縮起來的身體上。

先動手的是昴,因此男子們毫不留情。

——糟糕,有夠痛的。我可能會死,不對,是真的會死!

和原本的世界不同,小混混可沒必要留自己一命。必須下定決心,在被殘殺之前誓死反擊——

「還會動啊,廢物!」

「好痛!唉呀呀呀,我說好痛好痛好痛!」

昴原本想要爬起來,但男子踩住他的手,反握刀子。

「先把你揍到不能動再扒光你。竟然敢看扁我們……」

「要、要錢的話你們找錯人了,我根本就是個窮光蛋……!」

「既然如此,拿你那稀奇的服裝或鞋子也行。乖乖去當巷弄裡老鼠的食物吧。」

啊,這個世界也有老鼠啊,拜託不要大到像怪物那樣。

看著往下揮的刀子，昴事不關己似地逃避現實。
沒看到什麼走馬燈，也沒有世界變慢速運轉的現象。
只有像是線要斷掉的結束感。
——就在這時。
「給我讓開讓開讓開！那邊的傢伙，真的很擋路耶！」
有人發出被逼入絕境的吶喊，衝進巷子裡。
和驚愕抬頭的男子們一樣，昴也沒有挪動身體，只是抬起視線。
一名小個子少女，搖晃著長至肩膀的金髮穿過眼前。
少女有著貌似意志堅強的紅色瞳孔，還有逗趣的虎牙。
給人的第一印象是驕傲，但她的長相讓她微笑起來會比一般人還要可愛。
這千載難逢的好時機，點燃了昴眼中的希望之燈。
就在等這個！
一身破舊骯髒的少女，在絕佳的時間點撞見了強盜殺人的現場。
按照慣例，這名少女一定有著俠義之心，會拯救昴即將熄滅的生命——
「好像看到了很不得了的事，不過很抱歉，我現在很忙！你要堅強地活下去喔！」
「咦？什麼？真的假的!?」
然而，那樣的希望徹底粉碎了。

少女抬手向昴道歉，一路奔跑著穿過細巷。經過男子們身後時也完全沒有停止的跡象，直接奔向巷子的盡頭——接著蹬了立在死巷的木板一腳，身輕如燕地抓住牆壁，頃刻之間就消失在建築物上方。

少女的身影消失，徒留現場一片靜默。

她簡直就像颱風一掃而過，在場所有人全都愕然失聲。

然而就事實而言，昴置身的狀況依舊沒有改變。

「你們都不會因為剛剛那女孩而嚇到改變主意嗎!?」

「都怪有人打岔害得興致都沒了。別以為你能輕鬆死去。」

身體依舊被男子們踩住，動彈不得。

男子手上的刀光，讓逼近的「死亡」真實感湧現。

——不要不要，這是騙人的吧？怎麼會？死得太簡單了吧！

臉上浮現抽筋似的笑容，內心卻急躁不已。哪個人快來否定這個狀況啊！可是事情的發展並沒有這麼幸運，刀刃尖端越來越逼近。

內心被絕望籠罩，昴知道自己的淚水就快要從眼眶滑落了。

不是因為恐懼，而是就這樣空蕩蕩地結束，讓人難以忍受。

就在摒棄一切、壓倒性的絕望中——

「——到此為止了，惡棍。」

那聲音讓人潮的喧囂、男子的粗鄙叫罵、昴本身的紊亂呼吸全都折服，並讓世界為之震撼。

4

所謂的時間停止，指的就是這樣吧。

巷子入口處站著一名少女。

而且還是美少女。她及腰的銀色長髮做出編髮造型，充滿知性的藍紫色雙瞳正凝視著這裡。柔和的五官兼具豔麗與稚幼，讓人莫名感受到一股從高貴產生的危險魅力。

她比昴矮一個頭，大約一百六十公分左右。以白色為基調的服裝上沒有華美的裝飾，造型簡單反而更襯托其存在感。唯一醒目的是她披著的長袍，上頭繡著「似鷹之鳥」的圖騰，增添了莊嚴感。

但是就連那身服裝，也不過是增添少女光輝的附屬品。

「你們的蠻橫我看不下去了——到此為止。」

銀鈴的嗓音宜人地敲響耳膜，讓昴忘了目前的狀況，只能徹底被銀髮少女的存在感給壓倒。同樣的緊張感也傳達給男子們。

「呃……妳這傢伙是誰呀……」

「現在我還能原諒，畢竟是我疏忽在先。所以，高尚地將偷竊之物還來吧。」

「喂，她穿的衣服好像很貴，該不會是貴族……啥？偷竊之物？」

「求你們了，那是很重要的東西。我可以放棄其他東西，就只有那個不行。拜託，請你們老實地還我。」

少女甚至用懇求的態度——

但是，瀰漫現場、無法解釋的壓迫感卻逐漸高漲。難以用言語表述的某件事正在發生。

「慢著，等一下！妳根本就搞錯啦！」

「……什麼意思？」

男子們指向踩在腳底的昴。

「妳不是要來……救這傢伙？」

「……那個人的穿著打扮好奇怪。你們現在是在內訌？三對一實在不值得讚賞……但你們若是要問他和我的關係，答案只有毫不相干。」

是因為覺得話題被扯遠了嗎？少女的口氣感覺有點不耐。她的態度讓男子們變得焦急，連忙開口辯解。

「先等一下！如果目的不是這個傢伙，那妳找錯人了！去找剛剛的小鬼！」

「妳剛才說東西被偷了吧？牆壁！那個偷兒蹬著牆壁跑到屋頂上逃掉了！」

「裡面裡面，在巷子對面！按照那個速度，小偷應該已經跑過三條街了！」

男子們你一言我一語，少女將視線轉向昴。那視線是在問男子們說的話是真是假，昴忍不住點了頭。

「嗯……好像沒有說謊。所以說，小偷在巷子的另一頭？得趕快追上去才行。」

少女轉身背對昴，朝巷子外邁步。男子們安心的表情盡顯無遺。就在昴為自己又被捨棄的可悲現實發呆時——

「不過那跟這是兩回事，你們的所作所為我不能放過。」

回過頭的少女朝他們伸出手掌——掌心光彩飛舞，接著釋放。

近似硬球擊中肉塊的聲音響起，男子們發出哀嚎被打飛出去。

接著，昴身旁揚起一道高亢的聲音，拳頭大的冰塊就這麼落了下來。無視季節與物理現象生出的冰塊，隨即像被空氣吞食一樣消散。

「——魔法。」

嘴巴立刻就說出最適合說明方才現象的單字。

雖然沒有詠唱咒語，但那確實是由她手掌所生並發射出去的。

魔法——像這樣實際目擊，還是第一次。

「比想像的還不奇幻……有種真實得讓人失望的感覺。」

本來以為會有光芒擴散，或是能量爆炸的場面，然而實際上卻是粗糙的冰塊突然出現，給予物理傷害後就突然消失，毫無興奮感可言。

「妳竟然……真的出手。」

昴對魔法的感想先暫放一邊，承受冰塊紮實一擊的男子們站了起來。

搖晃雙腳站起來的只有兩人，被打到要害的那個人昏倒了。不過，同伴被撂倒似乎更加激發男子們的怒氣。男子們一個拿刀，另一個拿起像棍棒的鈍器，進入備戰狀態。

「管妳是魔法師還是貴族，別以為我們會原諒妳。包圍起來殺了她！我們兩個對妳一個，看妳怎麼贏！」

持刀男單手按住滴著鼻血的臉破口大罵，但少女對此只是閉上一隻眼。

「是呢，一對二可能有點危險。」

「──那，二對二的話條件就對等囉？」

在少女的聲音之後，一個中性的高昂嗓音劃破巷內的空氣。

昴大吃一驚，四處左右張望。男子們也連忙察看周圍，但巷子的入口和巷道內都沒有看到像是發出聲音的人物。

結果，彷彿要展示給困惑的他們看，少女伸出左手。

手掌朝上，「那個」就在她纖細白皙的手指上。

「看你們那麼期待地到處看，該怎麼說呢，我好害羞喔。」

話一說完，狀似害臊用肉球洗臉的牠，是個只有巴掌大，用兩腳站立的貓咪。

灰毛垂耳的樣子，在昴的知識中和名為美國短毛貓的品種最為接近。鼻子是粉紅色的，尾巴相當於身體的長度。

看到巴掌大的貓咪，持刀男一臉戰慄放聲大叫。

「——是、是精靈術師！」

「正確答案。現在退下的話就不追擊你們。快點決定，我們趕時間。」

聽到少女的話，男子們連忙扛起倒地的同伴，朝巷子外走去。經過少女身邊時，他們咂嘴放話。

「我記住妳的臉了，賤人。下次在這一帶再看到妳可就沒這麼簡單了。」

「要是對這女孩動手，我可是會詛咒你絕子絕孫喔？只不過看這樣子，你八成連後代都來不及生。」

面對小混混鼓起勇氣的恐嚇，小貓咪回答的口氣輕鬆內容卻很辛辣。

站在手上的貓咪態度漫不經心，卻讓男子們的臉色變得十分難看，這次他們默默無言地逃進人群中。

流氓的身影消失，只剩昴和少女他們在巷子裡。

總之得先道謝。在意這點的昴忘卻身體的疼痛，想要撐起上半身——

「——不要動。」

銀髮少女用不帶情感的冰冷聲音說。

她的眼中可以看到濃烈的警戒色彩。即使知道昴和男子們不同，但那並不構成內心鬆懈的理由。那個眼神就是這樣判斷的。

明明被人這樣看待，昴的反應卻完全不合常理。

看著自己的那對藍紫色雙眸，美得簡直像要魅惑人心。不習慣看到美少女的昴，光是被盯著看就忍不住羞紅了臉別過眼神。

看到他的舉動，銀髮少女大膽地笑了出來。

「看吧，他自覺內疚所以不敢看我。我的判斷似乎是對的。」

「是這樣嗎？剛剛那只是男孩子會有的反應，我感覺不到任何邪惡呢。」

「帕克你閉嘴。你認識從我這偷走徽章的女孩吧？」

少女叫小貓安靜，對昴提出質問。自信滿滿的表情也很可愛，可是……

「抱歉讓妳有所期待，但我完全不認識。」

「咦，討厭，真的嗎!?」

自信的表情從臉部卸下，少女露出不加遮掩的原始面貌。

方才的凜然態度消失無蹤，她驚慌失措地看向手掌上的貓咪。

「怎、怎、怎麼辦？我們該不會只是在浪費時間吧……？」

「就這狀態來看，犯人每分每秒都在移動，我覺得快點跟過去比較好喔。逃跑的速度快得這麼誇張，犯人一定有什麼奇怪的加持。」

「哼，帕克講得事不關己的樣子。」

「說我出手出嘴都沒用的人可是妳耶。還有，那小子要怎麼辦？」

像是終於想起來似的，看話題的焦點又回到自己身上，昴露出苦笑。「啊！」少女則是好不容易才想起昴的存在。

昴故作沒事地站起身。

「承蒙搭救，非常感謝。你們很趕時間吧？快點去追比較好。」

——要不然讓我幫個忙如何，小姐？

雖然想在邊梳頭髮邊讓牙齒反射光芒的同時這麼說，但是——

「唉呀？」

腦袋突然一沉，想要靠著牆壁的手揮空，臉部就這樣直接撞擊地面。

「啊——不要勉強站起來啦——我太慢說了。」

小貓的警告遲來一步。在毫無防備的姿態下倒地，結果銳利的痛楚將昴的意識帶到遠方。

「——這下怎麼辦？」

「跟我們無關吧。死不了啦，放著不管就好了。」

在意識開始遠離的那一頭，可以聽見他們些微的對話。

不愧是奇幻異世界，在人情世故上也有著如此嚴苛的見解。

我會就這樣被丟在巷子裡嗎？這樣的負面思考出現。

唉喲，只是快死而已，光是小命還在就要感恩知足了。正面思考也隨之冒出頭。

得到這兩種結論的同時，昴的意識越來越遠——

「真的嗎——？」

「真的！」

在意識斷絕的瞬間，他看到銀髮少女紅著臉回過頭。

「——我絕對、絕對不會幫他的！」

——連生氣的臉都可愛到爆，奇幻異世界萬歲！

冒出最後的感想後，這次昴的意識真的落入黑暗中。

5

從沉眠中甦醒的滋味，跟臉探出水面的感覺很像。昴心想。

一睜開眼陽光就燒灼瞳孔，目眩之下只能皺著臉揉眼睛。昴的體質是一旦睡醒就會很乾脆地起床，是只要醒過來意識立刻就會清醒的類型。

「啊，你醒了？」

聲音從正上方，也就是從躺著的昴頭上傳下來。

他想把臉轉向聲音來源，卻發現自己的身體雖然躺在地上，但腦袋卻枕在柔軟的東西上。

「你還不能動。因為你的頭被打到，還不能放心。」

關心自己身體狀況的聲音很溫柔，昴想起快要失去意識前的事，然後聯想到目前的發展對男孩子來說是天賜的恩惠。

膝枕——順從天啟，昴佯裝翻身盡情享受。利用圓周運動讓臉頰得到至高無上的幸福觸感，然而比想像中還要濃密的蓬毛把臉推回來。

「呼——美少女的毛比我想像得還要多……這怎麼可能啊！」

邊吐嘈邊看向上方，這次恢復的視力清晰地映照出世界。

昴的眼前，在他上下顛倒的視野中，有一張巨大無比的貓臉。

「想說機會難得，在你醒過來之前稍微讓你沉浸在幸福中的。」

「總之，不要再用假音說話。把貓和女主角搞混這種事是不可能發生的。」

現下的狀況是，自己睡在跟人類一樣大的貓咪腿上。但畢竟機會難得，昴決定用臉頰享受那毛茸茸的毛皮。

「糟糕，太幸福了。這種喜悅感是什麼？我能理解把貓摸到禿毛的心情。」

「討厭～能讓你這麼開心的話，也不枉我刻意變大了。對吧？」

巨大貓咪害臊地抓頭，然後眨眼尋求認同。在牠視線前方，站在巷子入口的是一臉假正經、雙手抱胸的銀髮少女。

毫無疑問就是昴在失去意識之前，深刻烙印在他記憶、雙眼和男兒心上的少女。

面對昴的清醒和同伴的使眼色，少女輕聲吐氣朝這裡走來。

「那個，真不好意思，結果還讓你們照料我到醒過來……」

「不要誤會了，我們是有事想問你才無可奈何地留下來的。要不是這樣的話，早就丟下你走了。就是這樣，可別搞錯了。」

美少女再三強調，用強烈的語氣這麼說。對美少女沒有抵抗力的昴根本無從較量，對他來說，那番話具有讓他無視內容只能點頭的強制力。

「我會治療你身上的傷，還讓你躺在帕克腿上直到清醒，都只是為了我的一己之私，所以你可要好好回報這些恩情。」

「其實不必特地演出要別人報答的戲碼，用平常的方式拜託就行了吧？」

少女簡直就是在執行「好心有好報」的論調。

面對昴的回答，少女嚴肅地搖頭。

「不行，要是單方面的命令。你知道我被偷走的徽章下落吧？」

少女降低音調這麼問。因為對內容有印象，所以昴不得不細細思索。

在他昏過去前，記得也有過同樣的對話。所謂的徽章，是指律師或法官那種可以彰顯身分的胸章嗎？實在是沒有印象。

「我失去意識的期間，有人用力敲我腦袋嗎？」

「已經被打得夠慘了，沒人打你啦。比起那個，你的答案呢？」

「沒有。那樣的話，我完全沒印象呢。」

不知道的事就說不知道。昴的答案和方才沒有任何差別。

不過少女沒有露出失望的樣子，對他點頭說道。

「這樣啊，那就沒辦法了。不過，因為你告訴了我你什麼都不知道的情報，所以抵銷了治療你傷勢的恩情。」

她用連詐欺犯都會嚇到的論點，表明自己完全沒賺頭的損失。

扔下目瞪口呆的昴，少女用力敲手振奮精神。

「那麼，我們趕時間先走了。你的傷應該大致都痊癒了，另外因為有狠狠地威脅過，我想那些人不會再來找你麻煩才對，不過一個人進到這種沒有人的巷子是很危險的。啊，我這可不是擔心，是忠告。下次就算你又遇到同樣的情況，救你的我也沒有好處，所以別再期待我會伸出援手。」

少女連珠砲似的，嘰嘰喳喳快嘴說個沒完。然後她將昴沉默不語的態度視為認同，很滿意地點頭說了聲：「好！」隨後轉身。

長長的銀髮配合少女的動作搖晃，在昏暗的巷子內閃耀著奇幻的光芒。

在他看呆的時候，頭底下的毛皮觸感突然離去，昴連忙撐起上半身。

「對不起喔，我家的孩子就是不老實，不要覺得她很奇怪喔。」

用含笑的口氣補充說明，貓咪恢復原本的身型坐上少女的肩膀。少女的手像在確認觸感一樣撫摸牠的背，接著貓咪的身影便像鑽進銀髮中消失不見了。

少女看都不看昴一眼，颯爽地邁出步伐。目送她的背影時，昴思考著那隻小貓說的不老實的少女，她一舉一動背後的意圖。

東西被人偷了，明明很急卻還是出手幫助昴。治療受傷倒地的他，剛剛甚至還說了讓昴不會感到內疚的話，雖然方式很笨拙。

那已經不是不老實的等級，根本是一味吃虧到慘不忍睹的地步。

少女大可指責妨礙自己目的的昴，然而她卻完全沒有抱怨，也沒有要求昴道歉或是感謝。為什麼呢？因為對她來說，幫助昴完全符合她自我本位的計畫。

「那種生存方式，根本就只會吃虧啊。」

昴邊說邊站起來，拍拍身上被灰塵弄髒的運動服然後衝過去。

心愛運動服上的髒污很醒目，但底下的肉體卻幾乎感受不到痛楚。明明被揍被踹得很慘，這讓他再次確切感受到魔法的不符常規。

以及她賣了這麼大的恩情，卻不索求回報的奇特。

「——喂，等一下！」

朝站在巷子入口，面向大馬路猶豫不知該往哪走的背影大喊。手撫著銀色長髮的少女回過頭，表情顯得有點困惑。

「幹嘛？我先聲明，我只能再稍微陪你一下子。」

「妳蠻天真的耶!?比起我，妳不是要找重要的東西嗎？讓我也來幫忙吧。」

對於昴的提議，少女驚訝地眨眼。

「可是，你不是說你什麼都不知道……」

「小偷的名字、底細還有所在之處我確實都不知道，但至少我認得她的樣子！她有虎牙和一頭醒目的金髮，個子比妳矮，胸部也很平，應該小妳兩、三歲！這些情報如何？」

攤牌時說話會快到連自己都不知道在說什麼，這是昴的壞習慣。

這次也因為快嘴全力發揮，氣氛因自己的發言一下子尷尬了起來。

沉默叫人痛苦煩悶，冷汗把背部弄得溼溼黏黏的，腋下和手上的汗水搞得整隻手臂怪不舒服。因為心悸和氣喘感覺貧血暈眩，鼻塞和偏頭痛像是花粉症發作，簡直就是四面楚歌，但是——

「——你這人真奇怪。」

手遮嘴角，少女用看著珍禽異獸的表情側頭看向他。

她的手指就這樣按著嘴唇，緊盯著昴像是在估價打量。

「事先聲明，我可沒辦法給你謝禮。如你所見，我身無分文。」

「放心吧，我也是身無分文的窮光蛋啊。」

「順帶一提，本大爺也很窮困。真慘啊，我們這個窮人集團。」

刻意無視在銀髮裡直接開口打岔的貓咪，昴拍打自己的胸膛。

「我不需要謝禮。是我想要道謝，所以請讓我幫忙。」

「我不需要你的道謝。你要是在意治療傷勢那件事，我已經收到等價的報酬了。」

少女不肯退讓。

面對她如此頑固的態度，昴露出苦笑，用「既然如此」當開場白。

「我也是為了我自己才幫助妳。我的目的是那個……對，日行一善！」

「日行一善？」

「沒錯，就是一天做一件好事，如此一來死後就能上天堂。那兒有吃飽睡睡飽吃的優渥生活在等著我，所以我是為了自己的私欲才幫妳的。」

連自己都不知道自己在說什麼了，但至少有把想說的話說出口。

昴下定決心的表情讓少女陷入思索，但坐在她肩膀上的小貓用肉球輕柔地戳她的臉頰。

「我沒感覺到惡意，就老實地接受如何？畢竟王都這麼大，要在毫無頭緒和線索的情況下尋找太亂來了。」

「可是，要是害他被捲入這種事……」

「固執己見的妳我也覺得很可愛，但要是因為固執己見而迷失目的就太愚蠢了。我可不希望我的女兒是個笨蛋。」

雖然小貓替昴說話，但少女還是不改退縮的態度。不過，小貓突然收斂神情，改用認真的聲音說：

「還有，太陽要下山了，入夜後我就不能幫妳，要是遇到暴徒我還不擔心……但揹武器的人越多越好吧。」

「感覺好像被丟了一個危險的職務啊！那是什麼意思？聽你剛剛說的話，你的雇用條件是入夜就要收工？」

縮短一步距離的同時，昴對小貓提問。貓咪用前腳彈了一下自己的鬍鬚說道：

「應該說是出不來吧。別看我外表這麼可愛，本大爺好歹是精靈，光是現身就得消耗大量的瑪那，所以晚上我會回到寄宿的結晶石裡，儲備太陽出來期間的能量。理想狀況來說，我能出現的時間平均是早上九點到下午五點。」

「朝九晚五的工作時間，簡直就像公務員……精靈連雇用型態都意外嚴苛啊……」

可以自然地閒聊與精靈相關的話題，都是多虧深受動畫和遊戲荼毒的現代御宅族解讀力。國家的變態性也在這方面助了一臂之力。

在昴和小貓的對話成立之際，身旁的少女依舊煩惱不已。不過方才的對談似乎讓抉擇的天秤開始搖晃，讓她不時發出「啊嗚——」、「不行不行」、「可是……」等各種苦惱用語。

「——我真的沒辦法給你謝禮喔。」

最後她這麼說，接受了昴的要求。

在異世界第一次進行的友好交流——在那樣溫暖心靈的互動之後大約過了一個小時。

「——等一下，這是怎樣？」

搜查很順利地停滯不前。

沐浴在少女冰冷的視線中，昴抓抓頭試圖將尷尬蒙混過去。

「沒想到會遭遇這種艱難事件，就算有我精明的雙眼也無法看穿……」

「你對自己的評價似乎很高，不過卻沒帶來相應的成果。真是的，這下根本就是一籌莫展了。」

「最近都沒聽到『一籌莫展』這種成語了呢……」

被吐嘈的少女惡狠狠地瞪過來，感受到視線的昴把身子縮得更小。

儘管花了將近一小時搜索，但一行人不知為何還是待在巷子內。這當然有很深層的理由。他們發覺幾個問題點使得事態毫無進展。

首先是，沒有地緣關係。

關於這點，自己剛被召喚到異世界所以還情有可原，但少女似乎也對這一帶的地理十分生疏，以為組成隊伍後隊友一定會詳知接下來的路線，結果卻白白浪費了十來分鐘，簡直就是個笑話。雖然少女盯著昴的眼神完全沒有笑意。

然後第二點，就是這個世界的文字——昴完全看不懂。

語言可以溝通所以就疏忽了，但仔細看看周圍，就會發現到處都有像是手寫的象形文字。只要不是「巷子內流行的除魔咒語」，那八成是這個世界的標準通用文字吧。現在的昴連路標都看不懂。

也就是說召喚故事的慣例，「不知為何語言和文字可以相通」這點，只有語言適用。要是連語言都不通就真的只能死在路邊了，所以也不能說倒楣。

「話雖如此，難易度無意義地高到爆表了吧……這世界還真不好混。」

別說盡善盡美了，只看到漏洞百出、粗糙草率的事前準備。

天哪，回顧來到這裡之後的足跡，都沒發生什麼好事，昴忍不住感嘆。對他毫不理睬，同行的少女倚牆而立閉著眼睛。看到她小小的嘴唇蠕動像在說話，昴側頭思考著。

「她在幹什麼啊……」

「那個啊——是在跟微精靈說話啦。」

灰色小貓突然出現在眼前這麼說，昴驚愕地挑起眉頭。

「剛剛沒看到你，還以為你已經回家休息了咧。」

「離休息還有點時間。我跟那邊的微精靈不同，可是有在好好工作的喲。」

「職業意識這麼高真是帥翻了……你剛才說的微精靈是啥？」

以字面上的意思來說，應該是比精靈次一等吧。

像要印證昴的想像，小貓飄在空中搖晃長長的尾巴。

「所謂的微精靈，指的就是在成為精靈之前，開始有智慧的存在。他們再過一陣子就會萌生出力量和自我意識，成為像我這樣的精靈。」

昴邊點頭邊聽取說明，接著看到少女周圍逐漸浮現出淡淡的朦朧光芒。宛如螢火蟲、如夢似幻的光點開始包圍銀髮少女。

令人不禁遲疑這是否為人手可觸及的光景。在超自然的存在中，唯有被允許者方能置身於此聖域。見到這樣的景象，昴他——

「好厲害喔，這個。這些輕飄飄的東西全都是精靈？」

「——呀！」

昴直接侵入聖域，破壞那如夢境的幻想景致和少女說話。

驚嚇出聲的少女眼中反射性地泛出淚水，淚珠閃閃發光。接著包圍她的光芒也感染了這股不安。

「喔——恐慌起來了呢。」

多數的光芒左右搖晃，貌似在驚慌閃躲，不一會兒就像霧氣散掉一樣，融入空氣之中。

「——啊。」

兩人同時張著嘴巴，尋找消失的微精靈的身影。然而，即使慌張的少女做出跟先前一樣的步驟，他們卻沒有回應她的呼喚。

「啊——不見了啦！怎麼辦!?」

「嗚哇——對不起！我是第一次看到精靈，所以有點興奮過頭了。看起來似乎不危險，就忍不住接近了。」

「因為在我的控制之下所以才安全。要是對不成熟的精靈術師做剛剛那樣的舉動，下場會很慘。最糟糕的情況，會導致精靈失控……碰咚一聲爆炸喔。」

「碰咚？」

少女想告誡舉止輕率的昴，但說出口的恐嚇卻是「碰咚」。

「太誇張了啦。微精靈看起來閃閃發光很漂亮，真有那麼危險嗎？」

「這個嘛，雖說本大爺我就是那麼可愛……不過只要兩秒就能把你化為粉塵喔。」

「精靈好可怕——!!」

竟然悠哉地說出抹殺他人存在的宣言。顫抖的昴看向少女。

「我才不會為了那種事就使喚帕克。要訴諸暴力的話我會自己動手……不行，好像真的不回應了。」

「那要是妳生氣起來，唆使那隻貓咪下手的話……」

再次嘗試與微精靈連接，但卻以失敗收場。沮喪的少女無力地搖頭。

「我本來想在那些精靈消失後再問的，妳剛剛是要幹什麼？」

「想問問看他們有沒有我要找的東西的線索，只不過在問出來之前就消失了。」

「嗚咦!?」

自己犯下的過失超乎想像，昴頓時語塞。看到他那樣的少女發出「啊」的一聲。

「不、不過都過一段時間了，微精靈們並不像成形的精靈有清晰的意識，所以我也沒有很期待……這麼說其實是騙人的。」

直爽的個性作怪，原本是想減輕昴的罪惡感，但最後卻坦白自己的心情。少女的懊惱讓昴再次意識到自己的愚蠢。繼續這樣下去，自己自始至終都只會扯少女的後腿。

「在道義恩情上，還有在異世界的貴重情誼上，這樣的狀況都是不應該的。這份關係，我說什麼都想緊緊把握不想鬆手……！」

「看你一臉心術不正的表情，是想到什麼了吧？說起來……」

少女刻意在擅自下定決心的昴面前走動。見她微微皺起眉頭，昴感到有些不解，但灰色貓咪卻推敲出她的思緒。

「對了，這麼說來還不知道你的名字。要不先自我介紹？」

「喔，這麼說也是。那麼，就由我先報上姓名吧！」

為了掩飾失態，昴佯裝精神百倍，指著天空擺出ＰＯＳＥ。

「我叫做菜月昴，是無知愚昧又天下不滅的窮光蛋！請多指教！」

「光聽就知道你已經山窮水盡了。嗯，我是帕克，請多指教——」

帕克身體飛起來，朝昴伸出的友誼之手來個動態性握手。從旁人的眼光來看，昴簡直像要把帕克給握爛了。他那大膽的待人接物手法讓少女看得不停眨眼。

「能這麼輕鬆和精靈交流的人還真少見……少見的還有你的名字，以及你的黑髮黑瞳。你是打哪來的？」

「哼，我就想總有一天會被問到。照慣例來說，我是來自東方的一個小國！」

講到異世界就會有被用到爛的慣例，像是隱藏在世界東方的黃金之國。

鮮少與他國交流，只要聽到對方是從那裡來的任何人都能接受。這個慣例就像魔法一樣方便，但是……

「從大陸地圖來看，露格尼卡已經是最東邊的國家了……沒有比這個極東之國位於更東邊的國家了。」

「不會吧，真的假的!?極東之國!?那這裡就是人人憧憬的黃金國度!?」

「不知道自己現在身在何處，身上也沒錢，又看不懂文字，也沒有可以依賴的人。這個人的狀態說不定比我還危險……」

預料之外的發展令昴愕然，少女的態度也跟著慌張不安起來。

少女好管閒事的個性，從她的行動中一一透露出來。對昴那與其說是毫無防備，不如說是根本沒有防禦力的生活方式感到憂心不已。

她再次由上而下將昴打量得仔仔細細。

「仔細一看，你身體似乎有在鍛鍊。你說你……叫昴。」

「嗯？喔，ＹＥＳ，那是我的名字。」

聽到有人猶豫地呼喚自己的名字，昴不知為何產生了新鮮的感動。當他回答之後，為了掩飾自己的緊張所以輕聲咳嗽，接著輕輕展示手臂上的肌肉。

「我每天都會鍛鍊肌肉。畢竟我算半個家裡蹲，所以至少要做到這種程度。」

「那個，我不是很清楚家裡蹲是什麼意思，不過昴的家世很顯赫吧？是不是有學過武術？」

「不，我生在極其普通的中產階級家庭……我出生名流是哪來的情報？我有流露出家世高貴的優雅氣質嗎？」

「有流露出一點令人好奇的感覺。」

說得太讚啦！昴高舉雙手，做出滑稽的舉動。

少女迅速抓住昴舉起的雙手。在毫無預期下被女孩子碰到手，昴的喉嚨只擠得出「啊嗚」兩個字。

「這個手指也是，不過肌膚和頭髮的外觀也是理由之一。這雙手和庶民每天討生活的手差太多了，肌肉的緊實法也不像是因為工作而有的。」

手掌被人又揉又捏，昴面紅耳赤地接受對方的舉動。不能單用外國人解釋的外觀話題，讓昴不得不感嘆她的觀察力。這段期間，少女繼續說下去。

「黑髮黑瞳，是南方流民常見的特徵，不過在露格尼卡的話，這種狀態是過著上流生活的證據。這件沒看過的衣服做工也很細……怎麼樣，我猜對了吧？」

眼見昴沉默不語，少女露出像在誇耀的微笑。被那與外表相稱的妖豔氣質吸引，昴咀嚼著話語的內容，露出嚴肅的表情。

「這不是說對或不對的問題，我該怎麼說才不會傷到妳？」

「不對就直接說不對呀，反正我又不會覺得丟臉！」

少女方才充滿自信的臉蛋因害羞而一片通紅。望著消沉的她，昴煩惱著要如何說明自己的來歷。

老實跟她說「我是被召喚到異世界的飯桶」也行，但做出這種發言的人鐵定會被認為是「腦袋有問題」。

回顧至今以來自己的發言，誠實以對的風險困擾著他。

「你不用想那麼多啦，不想說的話我不會追究的。」

相較於支支吾吾的昴，少女率先放緩追問的攻勢，再次被袒護的悲慘使昴皺起眉頭，此時少女低聲呢喃著。

「不過，我可能太緊迫盯人了。」

從未表露過的軟弱聲音，讓那雙瞳眸蒙上陰影。

「——」

看到她隱藏不住的洩氣，昴的心裡點起微弱且靠不住的火焰。

「我是笨蛋嗎？不，我就是笨蛋，我到底在幹什麼啊……」

眼前的少女對自己有救命之恩，就是為了回報她才主動要求幫忙的不是嗎？然而，從剛剛到現在自己都是什麼樣子？

「昴？」

看到表情改變陷入沉默的昴，少女狐疑地看著他。側眼看到她銀色的頭髮隨著動作從肩膀滑下，昴絞盡腦汁思索直到頭暈目眩。

回想自己在巷子裡被踹的時候仰頭看見的小偷身影，他擷取那一瞬間的景色，得從中找出一個可以用的資訊才行——

「我有幾件事想確認一下，可以嗎？」

「咦？嗯……給你問。」

「謝啦。我聽到好幾次，這裡是王都……叫什麼都沒差，反正這裡是國王城堡所在的城鎮，而且超級大的對吧？」

偶然憶起少女曾說過的單字，昴提出疑問。即使覺得問話的內容很奇怪，但她沒有追問只是點頭回應「是啊」。

「在這麼大的都市裡，有個幹偷竊勾當為生的女孩子，從服裝看來絕不是過著優渥的生活……雖然這番推論是理所當然，但應該有那些偷竊為生的人居住的地方。」

「…………」

「應該會有治安很差，或是像貧民窟的地方吧？要把偷來的東西換成錢，沒有門路是很難脫手的，所以這種可能性很高吧。」

烙印在記憶中的小偷少女——將她從頭到腳鉅細靡遺地分析，昴動員自身所有的奇幻世界知識，推論出這個論點。

「綜合以上所述，我認為比起像無頭蒼蠅一樣亂竄亂找，去那些地方找到的機率比較高……妳覺得呢？」

「我有點嚇到了，你腦袋動得很快嘛。」

「沒有啦，這可以說是理論上的歸結或是中世紀奇幻世界的慣例。就算這樣能讓妳對我另眼相看，但離彌補失分還早得很……」

昴回應少女感到佩服的發言，但沒有非常高興。

不管在一旁抓頭掩飾害臊的昴，少女不停地點頭。

「就照這條線去想吧。既然如此，我們得到馬路上去問對這裡比較熟悉的人了。」

「本來就是順路了，快走吧。」

他們互看一眼，確認彼此想法相同後，決定先離開巷子到大馬路上。接著朝人多的地方走，但在那之前，昴突然想到一件事。

「話說回來，我聽過妳養的貓的名字了，但還沒聽到妳的名字呢。」

發言時已經刻意削減自己對她姓名的興趣，但少女似乎還是有點驚訝而瞪大了眼睛。接著她閉上眼，在沉默數秒之後……

「——莎緹拉。」

「喔？」

因對方沉默而咒罵自己講話不經大腦的昴，遲了一步才回應她那小聲的嘀咕。聽到他回應的少女，轉過臉不看昴。

「我沒有姓氏，叫我莎緹拉就好。」

聲音聽起來毫無感情。明明自報名字，卻又展現出拒絕被人如此稱呼的態度。

莎緹拉——這麼自稱的少女，展露出先前未曾見過的距離感。

可以的話，希望她能告訴自己好稱呼的姓氏，但她這樣讓昴不敢直呼她的名字，只能沉默以對。

最後他懦弱地決定，總之就用第二人稱叫她吧。

看著兩人的互動，藏身在銀髮中的帕克突然冒出一句：

「——真是沒趣。」

但這聲嘟囔不只是昴，就連少女也沒聽到。

7

隨著喧鬧聲穿過無人走動的巷子，兩人抵達大馬路時已經過了十分鐘。

東張西望左右巡視，昴猶豫著該找誰來問。這時，站在身旁的莎緹拉突然拉拉他的袖子。

「欸，昴。」

看向莎緹拉的昴，發現她正看著馬路對面。順著視線看過去，昴也注意到她在看什麼。

——有不好的預感。

像要印證昴的預感，莎緹拉一臉認真地說。

「——不覺得那孩子是迷路了嗎？」

發覺到幾個問題點，其中最後的一個探出頭來。

「啊……」

雖然在事態發展至此的過程中就已經知道，站在昴身旁的銀髮美少女是個無可救藥的濫好人。

簡直就像是中了魔咒，只是本人頑固地不承認罷了。

昴大聲地嘆氣。

「冷靜點。」

「在我們說這些話的期間，那孩子要是亂跑到別的地方該怎麼辦？得快點叫住她……」

「妳的溫柔是天大的美德，被妳拯救過的我不想說得太過分，但妳知道我們目前的狀況嗎？」

視線的前方，馬路對面的建築物旁站著一名女童，年齡大約十歲左右，與肩膀齊平的咖啡色頭髮看起來惹人憐愛。她有著笑起來能將喜悅分送給周遭人們的可愛臉龐，然而現在她的眼中卻充滿不安，一副快哭出來的樣子糟蹋了那張臉蛋。

莎緹拉的看法十之八九是正確的，但就算正確……

「因為我的愚蠢，偷了妳東西的小偷現在離我們非常遙遠。這個時候若是花時間在別的事情上，東西有可能會被賣掉再也找不回來喔。」

「是有可能那樣沒錯……可是……」

「所以囉。」

那個小孩確實很可憐，但這裡人這麼多，很可能會有其他人出手幫助。另一方面，他們正在迫切地找尋失物。

不管怎麼想，都是丟下女童找失物優先。然而……

「可是那孩子正在哭。對吧，昴？」

「——————」

「要是不能配合我也沒關係。昴，謝謝你陪我到這裡，之後我會自己試著想辦法的……不管怎樣我都不能放著那孩子不管。」

看到昴閉口不語，莎緹拉似乎決定和他分道揚鑣。

她的說法與其說是厭棄不照自己主張走的昴，更像是為了不讓昴順從自己的任性才這麼說。

銀髮晃動，莎緹拉小跑步穿過馬路接近女童。看著地面快哭出來的女孩，突然發現有人站在自己面前因而抬起頭。她的眼中洋溢著希望的色彩，或許是以為她在尋找的人發現了自己。

「不好意思，我不是妳要找的人。」

莎緹拉蹲下來對女童這麼說。女童驚訝地瞪大眼睛，雙眸浮現的不是安心，而是膽怯。旁人一看也知道，被陌生人搭訕讓她的內心驚懼不已。

「我可能有點多管閒事，不過妳的爸爸媽媽呢？他們沒跟妳在一起嗎？」

莎緹拉似乎也注意到女童在害怕，所以聲音比先前還要柔和。可是她的關懷並沒有傳達給因為失去保護者而害怕顫抖的幼童。

「那個，我說，別哭囉。大姊姊沒對妳做什麼啊。」

儘管她試圖解開女童緊閉的心房，但膽小的幼童只是一直搖頭，接著眼眶開始蓄積大顆大顆的淚珠，淚水即將潰堤氾濫——

「我現在放在手上的——是一枚鋸齒十喔。」

「啊？」

突如其來的打岔，使莎緹拉愣住失聲。抬起視線，她身旁站著一名穿著灰色運動服的少年。她的反應讓昴不禁苦笑，但他接著面帶笑容，不是對她，而是對著女童。跟莎緹拉一樣，突然闖到面前的人讓女童感到驚訝。昴突然朝女童伸出右手。

「妳看，這隻右手上放著一枚硬幣對不對？有看到喔。好，那麼接下來我要用力把硬幣捏爛。喝啊啊啊，嘿咻！」

「等等，昴……你在幹嘛？」

「結果呢，唉呀，太神奇了！」

不理睬莎緹拉的呼喚，昴張開原本握住鋸齒十的右拳，結果裡頭的十圓硬幣竟然不見了。

「怎麼會這樣，剛剛還在手裡的硬幣竟然消失了。硬幣到底跑到哪去了呢？」

女童眨著眼睛，再三檢視昴的右手。可是，不管是掌心還是手背都沒有硬幣。女童的反應不錯，昴滿意地點頭。這次他輕輕伸出左手，溫柔地撫摸女童咖啡色的頭髮。

「妳看，躲起來的硬幣竟然在這裡喔。」

撫摸頭髮的左手手指正夾著硬幣，看到這一幕的女童不禁感到驚嘆，莎緹拉也被這戲法唬得瞪大眼睛。在她們面前優雅地一鞠躬後，昴將手中的鋸齒十放在女童手中。

「這是禮物，送給妳。這很貴重，所以要好好保管喔。」

慎重地抱著硬幣，女童用力點頭回應。微笑看著她的昴，側腹部突然被旁邊的人戳了一下。

「等一下，昴……」

「好啦好啦，不要用那麼嚴厲的目光瞪我，我承認剛剛我說話的方式不好……」

「你剛剛那是怎麼弄的？」

「啊？那個？妳不是要問我這麼做的用意而是在問我技法？」

和興致勃勃的莎緹拉訂下之後會教她的約定後，昴再次面向女童。女童將十圓硬幣當成珍貴物品盯著看，不安的心情似乎都因為剛剛的魔術而穩定下來，面對彎腰問話的昴也有問必答。

「原來如此，妳果然是和媽媽走散了。什麼嘛，不要緊，交給大哥哥和大姊姊，我們馬上就會幫妳找到媽媽。」

昴再次摸摸她的頭然後伸出手，女童畏畏縮縮地牽住他。看到這一幕，莎緹拉睜圓了雙眼。

「你的手法好熟練。昴，你是從事安撫小孩的工作嗎？」

「這樣斷章取義會害我的名聲下降啦！還有我是無業遊民。」

正確來說，自己有個名為「學生」的方便身分，但考慮到最近都不上學那樣講會很奇怪，再加上現在被召喚到異世界，那個身分等同是被剝奪了。

不管怎樣……

「可以牽一下寂寞不安的小女孩的手嗎，大姊姊？」

昴對她眨了眨眼，矯揉造作地說。女童將空著的手伸向莎緹拉。莎緹拉屏息露出驚訝的表情，但也只有一下，她輕輕地呼出一口氣牽起那隻小手。

「嗯，就交給大姊姊吧，我絕對會幫妳找到媽媽的。」

女童面露微笑，默默點頭。兩人一左一右，牽著小孩的手踏出步伐，擠進馬路混雜的人潮中。

「像這樣子，不知情的人看到會不會以為我們是年輕夫妻帶著小孩出門？好害羞喔！」

「……？就算用偏袒的角度來看，昴和這小孩看起來只像是兄妹啊……」

「我分不出來妳那意見算是理智還是天然啦！」

夾在這樣的對話中，雙手被牽著的女童輕聲笑了出來。

8

很幸運的，由於兩人外表很顯眼，所以沒多久就找到了迷路女孩的母親。以狀況來說不只是昴，一頭銀髮美貌異常的莎緹拉也一樣引人注目。

「真的非常感謝兩位。」

平安無事和小孩會合的母親開心不已，不斷地朝笑著說沒什麼大不了的兩人道謝。

離開時女童一直朝他們揮手，也朝女童揮手直到看不見為止的昴，看向身旁的莎緹拉。她目送母女離去的表情看來十分愉快。

「然後呢？雖然覺得繞了很大一圈，不過在這方面大姊姊主張有它的好處，請問是什麼呢？」

彈響手指，昴如此揶揄少女的濫好人個性。話雖如此，這話聽起來不是惹人厭，而是半開玩笑。莎緹拉幫助昴的時候就是講著拐彎抹角的話，因此還蠻期待她會怎麼回答。

「……很簡單啊。」

在挖坑給自己跳的昴面前，莎緹拉面容一緩地說：

「這樣一來，我們就能心情開朗地繼續找東西了吧？」

「…………」

「就算找回徽章，事後一定也會後悔為什麼放著那孩子不管。幫助了那孩子，又平安無事找回徽章……你看，這不是最好的嗎？」

沒有逞強也沒有心虛，莎緹拉神清氣爽地這麼說。

聽她這麼講，昴只能舉雙手投降，然後重新改變想法。

這名少女不僅是損己利人的好好小姐，還是個魚與熊掌都想兼得的理想家。

「沒錯，妳說得對。確實，多虧妳這妙招，我們不用說『雖然捨棄迷路後不安寂寞到快哭出來的小女孩，可是徽章平安無事拿回來就可以額手稱慶』這種話了！」

「什麼嘛，那種討人厭的講法。」

昴極端的說法惹得莎緹拉嘴唇扭曲，然後像是想起什麼似地瞪向他。

「不說那個了……你為什麼幫忙？原本你是反對的不是嗎？」

「因為我想露一手——騙妳的啦。我說過了吧？幫妳找到徽章，我就能因為日行一善而上天堂。」

「那你幫助那個女孩，不就算一件善事了嗎？」

「理論太過正確所以駁回！不是，妳想想看嘛，一天不是可以做很多件善事嗎？所以我可以先提前做完明天的份！我是想先把這個禮拜的份給完成！」

早就已經偏離日行一善原本的意義啦，不過昴還是硬掰出一個道理。莎緹拉對這樣的昴露出不可置信的表情。

「昴你啊……個性真的很吃虧耶。」

「其他人就算了，就唯獨不想被妳這麼說啊！」

雖然想把那句話原封不動地回給她，但莎緹拉卻傻楞楞地歪頭看著自己。她似乎真的沒有自覺。

「你這孩子人是不壞啦……」

「慢著慢著，幹嘛把我當小弟弟。東方人因為娃娃臉而被誤認為年紀小是很常有的情況，可是我跟妳應該沒差那麼多歲吧？」

大致看來，昴推測莎緹拉大概十七、八歲左右。對年頭出生十七歲的昴來說，是有可能比她小。

但是，莎緹拉對這番話的反應是稍微瞇起藍紫色的眼睛。

「你的猜想落空了，因為……我是半妖精。」

「────」

昴不禁啞然無語陷入沉默。看到他那樣的莎緹拉，雙眸掠過複雜的感情。她眼中浮現的，是混雜著心死與失望的難解之物。

「原來如此，難怪會這麼可愛，因為妖精個個都是美人胚子咩。」

「……什麼？」

昴面露恍然大悟的表情點頭說道。他的反應讓莎緹拉意外地眨眼睛。

「嗯？怎麼了？」

「還怎麼了……那個，我是半妖精喔……」
「我剛剛聽到啦。」
不了解莎緹拉的問題是什麼，昴只能先這樣回答。然而聽到昴的回答，莎緹拉的反應很戲劇化。
「——呃。」
才在想說她是不是喉嚨在顫動，結果莎緹拉就別過臉背對昴，然後蹲在牆邊，手插進頭髮中抱著頭。
看到她那奇特的行徑，昴頓時不知道該怎麼跟她說話。
「嘿咿！」
「好痛！喂，幹嘛突然這樣!?」
神出鬼沒的灰色小貓用肉球打昴的臉。
帕克用揍人的手撫摸自己的鬍鬚，一邊從喉嚨發出聲音。
「嗯——怎麼說呢，就是想把難以忍受、心煩意亂的感覺具體化。」
「因為這種理由被打我可不能接受。不過因為肉球很有彈性，所以原諒你。」
「我也不是因為生氣才打你。要說的話，是相反。」
「相反？」昴皺起眉頭。「對，相反。」小貓點頭肯定。正想要追問牠的意思，莎緹拉就回來打斷對話。

她用手指纏繞銀髮髮尾，抬眼怒視昴。

「……討厭，昴是笨蛋加三級。」

「加三級這種說法我也很久沒聽人說過了。還有，為什麼我要被罵啊？」

「不知道，誰理你。比起這個，要快點繼續找徽章了。」

用一句話就帶過自己受到的不講理待遇，昴滿臉不服氣。但是，在莎緹拉變得更加親密的態度面前，不滿立刻化為雲煙，儘管他猜不著莎緹拉態度變化的契機。

「不過，在方才的迷路小孩事件中，我深切地感受到，要找東西的話，這個城鎮真的太大了。」

「因為這裡是露格尼卡王國的首都，所以不但是最大，也是最多人住的地方。我想想，記得居民有……三十萬人左右，人口流動也很劇烈。」

面對昴的疑問，莎緹拉帶著自豪的表情流暢回應。

「是喔，三十萬啊，那還真大……謝謝妳那像是剛從書本取得的情報還有提供的方法。」

「哼……」先將被說中的少女放在一邊，昴開始根據探問到的答案想像露格尼卡的都市樣貌。都市人口有三十萬的話，在中世紀奇幻風格的世界中算是相當大的規模。當然，這還單單只是計算常居在都市的人數，若再加上出入頻繁的冒險者和商人的話，數量還會更高。

站在馬路邊眺望來往的行人，昴因人種的多樣化和密度而屏息。獸人、亞人類、人類繁雜交錯的這裡，毫無疑問是異人種的大熔爐。

連在巷子裡頭迷路將近一小時的事，都不能用單純的笑話來解決。這裡太大，結構太複雜，才會看漏通往大馬路的路。

「也就是說，現在的我們不能夠失敗，目前還佔有優勢的我們，下次再迷路的話就真的出局了。慎重地選擇吧。」

「慎重地選擇……什麼？」

「毫無計畫地亂竄亂找是不會有好結果的。例如，回到先前徽章被偷的地方，或許能得到更詳細的情報。有沒有人看到，或是當時在場？」

「啊……可能有人在場。」

想到什麼的莎緹拉，手貼著嘴巴說出心中猜想。

根據莎緹拉所說，小偷在光天化日下堂堂正正地站在馬路正中央。雖說是很大膽的犯行，不過看看現在馬路上有多混雜，就能知道那是不錯的判斷。

因為人多就代表混入人群的機會和場所也多。

「妳想得起是在哪裡被偷的嗎？」

「嗯，這個，我想大概……是在這邊。」

在莎緹拉的帶領下穿過馬路。昴切身體會到，許多人種交雜而過的大馬路，其雜亂絲毫不遜於巷子裡頭的迷宮，甚至還會從人身上奪走距離感及方向感。

昴開始產生不知道自己走在何處的錯覺。明明應該是不曾到過的地方，走在似曾相識之處的神奇感覺卻揮之不去——

「不對，這裡我曾來過一次。」

看到莎緹拉帶自己前往的地方，昴抓抓臉頰擠出笑容。

莎緹拉徽章被偷走的所在地——就是昴被召喚的大馬路一角。

「我就是在這裡走投無路，想說讓腦袋冷靜一下才走進沒人煙的地方，結果就觸發了和小混混ABC的隨機戰鬥。」

回想大約兩個小時前發生的事，還真是個意外的偶然啊。昴深深感嘆。

不管如何，既然事件現場是在這的話那就好辦啦。很幸運的，這裡有個可以問話的對象。

「就是這樣，所以我可以英勇地宣告這裡交給我吧。水果店老闆。」

在商店前轉過身，昴指著開在大馬路旁的一家水果店。商品架上陳列著各色水果，光是看到那光澤就叫人喉嚨乾渴。而說到經營這家店的老闆……

「……搞什麼，還以為是客人，結果又是你啊窮光蛋。」

他用冷冽到看不出是靠做生意吃飯的目光，對昴這麼說。

老闆是個綁著頭巾、身材健壯結實的男性，有著威武的五官和低沉銳利的嗓音。附帶一提，他左臉上的縱向刀疤，使得他怎麼看都不像是正派人士。

猛一看會想說是不是哪裡搞錯了，他竟然會置身水果店當老闆。

「不要這麼冷淡嘛，大叔。方才你不是對我很親切嗎？」

「那是在我以為你是客人的時候。要是一開始就知道你是個窮光蛋，我早就把你轟走了。就像現在。」

相對於裝熟的昴，店主的態度從頭到尾都很冷淡，手勢像在趕蟲一樣揮舞。昴對他聳肩說道。

「喂喂，你這樣的態度好嗎？都沒發現我跟剛才不一樣了嗎？」

「啥鬼？」

看到昴自誇地放大鼻孔，老闆一臉困惑。為了讓老闆看清楚，昴朝旁邊踏出一步，雙手比向站在自己後方的莎緹拉。

「怎麼樣，我帶同伴來囉，同伴！雖然你中途發現我身無分文而態度驟變，但現在我可是帶了一名貴賓候補人選來囉，怎麼樣啊？」

「那個，昴……雖然你對我有奇怪的期待，但我也沒帶錢喔。」

「咦，什麼，真的嗎!?妳怎麼會一毛錢都不帶就走在大都市裡!?」

看著兩個窮光蛋，老闆嘆氣。

「所以？窮光蛋變兩個的狀況下，你想說什麼，小哥？」

「其實我們在找東西，可以讓我們打聽一下嗎？」

「我都說我沒空理窮光蛋了吧，聽不懂人話嗎？」

沐浴在怒吼聲中，昴的耳膜受到強大傷害。

「果、果然還是不好啦。」

縮起肩膀的莎緹拉邊拉昴的袖子邊對老闆鞠躬哈腰。

確實，連個東西都不買只問問題，是多麼自私的行徑。話雖如此，身上沒資金是不變的事實。以現在的情況來看，只能放棄收集情報。

「唉呀？兩位是……剛剛的？」

突然有人從旁打岔，昴和莎緹拉回過頭，映入眼簾的是搖晃咖啡色長髮的婦人，也是兩人都見過的人物。因為她手上牽著開心地仰望兩人的女童。

「太太才是，怎麼會來這種地方？這裡只有心胸狹窄、長相恐怖的老闆喔。」

「呵呵，這是我丈夫的店，我順道過來一下。」

「丈夫？」

意料之外的回答讓昴和莎緹拉面面相覷。兩人慢慢回過頭，看向店內雙手抱胸、兩腳開開站的刀疤男。

「大叔……你該不會殺了這位太太的丈夫，竄奪老闆之位吧？」

「你一臉狐疑講那什麼屁話。我是這家店貨真價實的老闆，而她是我老婆！」

回頭一看，婦人帶著傷腦筋的表情露出微笑。昴大吃一驚，線條纖細外貌溫和的美女，怎麼會嫁給簡直就是罪犯的刀疤男？確定不是哪裡出了問題嗎？

該不會是被威脅吧？昴不安地看過去。女童放掉母親的手，跑過萬分失禮的昴奔向刀疤男——她的父親一把將她抱起。
「喔，有沒有乖啊，真有精神呢……話說回來，妳認識這兩個窮光蛋？」
「親愛的，請不要用窮光蛋這麼失禮的話稱呼他們。」
老闆說話帶刺，婦人對他不雅的用語挑眉勸諫。接著她向丈夫說明昴他們和女童的關係。聽完來龍去脈後，老闆放下女兒。
「真是抱歉，竟然對恩人口出惡言，請原諒我。」
「不會，哪兒的話，畢竟我們身上真的沒錢……」
「就是說啊，喂！你不稍微反省一下的話我們會很傷腦筋的……唉呀，怎麼了，妳可愛的臉蛋變得很恐怖耶？」
莎緹拉用視線叫得意忘形的昴閉嘴。接著，被父親放下來的女童朝莎緹拉伸手，小小的手掌上握著一個做成紅色花朵形狀的飾品。
莎緹拉倒吸一口氣，來回看著女童和花飾，看起來很傷腦筋。
「請收下，我女兒似乎想送妳謝禮。」
婦人推了困惑的莎緹拉一把。聽到她這麼說，莎緹拉微收下顎，從女童手中接過花飾，然後將花飾別在自己左胸的白色長袍上，接著蹲下來讓女童容易看見，同時交換視線。
「謝謝妳，我很高興喔。」
莎緹拉的極致笑容，讓從旁看著一切的昴不禁看呆了。在那笑容面前，女童也害臊地撇開臉，而老闆則是輕聲咳嗽一聲。

「妳是我女兒的恩人，我想道謝，有什麼事儘管問。」

刀疤老闆用力點頭後，用最上乘的友好笑容這麼說。

聽到他的話莎緹拉大吃一驚，然後看向昴。接著露出有別於方才的笑容，簡直就像在誇耀。

「看吧，早先的努力有了回報，這不就是最佳證明嗎？」

沒錯，驕傲得彷彿像把不幸的偶然當成自己的功績。

9

——那裡雖然離大馬路只有一條街，卻是個充滿鬱悶氣氛的地方。

寂靜無聲的小路，人類和生物的氣息都很遙遠。

明明離人多嘈雜的大馬路沒多遠，可是喧囂卻恍如在夢境彼方。

「要銷贓的話就會扯到貧民窟……」

喃喃自語的同時，從大馬路拐進小路的昴，把頭探進可以通到傳說中貧民窟的巷子。

「不論是空氣還是氣氛，那兒的居民個性八成也很惡劣。真的要去嗎？」

「說徽章會在那裡的人不是昴嗎？而且，方才的店老闆也說應該在那……」

「可是妳沒忘記他接著建議我們最好放棄吧？」

反芻在水果店的對談，昴一臉嚴肅。

在水果店巧遇女童及其母親，從谷底翻身後過了約三十分鐘——兩人現在抵達了傳聞內部有許多王都失竊品的貧民窟入口。

視兩人為愛女恩人，長相可怕的老闆親切地聽他們述說困境。結果雖然得到了貧民窟的情報，卻陷入兩難。

「現在還來得及，叫人來比較好喔？警察……這邊是叫衛兵吧？拜託那樣的人搜索啦，使用人海戰術的話一次就搞定囉？」

「不可以。」

然而，昴的提議被果斷捨棄。如此堅毅的態度讓昴翻白眼。

「對不起，可是不行。我不認為衛兵會因為我們東西被偷這點小事就出動……而且，我有不能請託衛兵的理由。」

莎緹拉緊抿嘴唇，用「理由我不能說」的眼神看著昴。

她不希望被追問吧。昴承受那視線，輕輕舉手回應。

「好吧，那接下來呢？兩個人執行人海戰術？」

「是兩人一貓啦。」

為了揮開沉悶的氣氛，小貓刻意用輕鬆的口氣回答昴。

突然出現在莎緹拉肩膀上的帕克，邊用貓掌洗臉邊環視兩人。

「說是這麼說啦，但現在可沒時間讓你們聊天打屁了。就算想執行兩人一貓的人海戰術，再過一個小時左右我就撐不住了。」

帕克仰望天空，兩人的視線也跟著往上看，才察覺到建築物之間可以看到的天空，大部分都已經變成橘色。並不是因為貧民窟環境昏暗陰濕又有嗆鼻的臭味，而是因為太陽開始西下，那也意味著帕克的下班時間。

「是要前進還是回去，快點做決定啦。」

「我不懂什麼人海戰術，不過當然是前進囉。不管走哪條路，錯過現在徽章就有可能去到我們再也找不到的地方。」

回應帕克的要求後，莎緹拉重新面向昴。

「那麼，我們走吧……不過進入這條巷子後就得比以前更加警戒，畢竟是慣於偷拐搶騙的人們住的地方，要是害怕的話你可以待在這裡。」

「我是有多肉腳要在這裡待機！走吧，我會像背後靈一樣緊貼著妳！」

「怎麼不是走在前面啊，那樣才叫做有所助益。」

聽到那隨時準備落跑的強勁發言，莎緹拉已經不知道這是她第幾次發出嘆息了。

昴心想，自見面開始，自己盡是做些讓莎緹拉表情陰沉的事，即使她偶爾顯露微笑也都不是因為昴。表露負面情感時就這麼可愛了，要是對著昴綻放笑容那更是極致絕品吧。

「嗯哼，在這邊好歹要讓妳看到我一、兩個長處。」

「幹嘛突然講那種話？而且還張大鼻孔用力呼吸。」
「謝謝妳糟蹋我下定決心的場面喔！」
即使氣勢被大大折損，昴依舊加快腳步跟上走在前面的背影。
他還用力揮舞雙手，以免被朝著目標勇往直前的少女扔下。

10

再度展開的搜索行動進入下一道關卡——貧民窟，可以預見在這兒兩人一定會遇到難關——原本是這麼想，但沒想到有個意外的人物派上了用場。
「誰啊？沒錯，就是我本人！不知為何貧民窟的居民對我溫柔到不自然的地步。到底發生了什麼變化……該不會是在這個時間點調整了我的魅力值吧？從幼稚園以後就沒再調整過啦！」
小時候的昴有著相當可愛的容貌，頭髮留長沒剪的話經常會被誤認成女孩子——但過了十幾年後卻變成這副德性，上蒼真是殘酷。
「我有什麼地方跟剛剛不同？我臉上有沾到什麼嗎？」
「就眼神惡劣、耳朵很短、鼻子很扁……」
「可以不要加眼神惡劣和鼻子扁這種註解嗎!?」
昴垂頭喪氣，莎緹拉懊惱地用手指抵著嘴唇。

「嗯——原因大概是出在你的打扮。渾身髒兮兮，還可以看到一些血跡。這兒的居民似乎也都過得很苦，所以很同情看起來可憐至極的昴……」

「現在被妳的話穿心刺肺的我可憐到爆炸！但是我卻能理解啊，可惡！」

也就是所謂的同病相憐，貧民窟的居民對昴的好感度高到出乎意料。雖然這是收穫，但相反的，他們對莎緹拉的好感度就格外的低，原因也是出在她的打扮上吧。

「那些小混混似乎也是這麼想，畢竟妳看起來漂亮又別緻。」

「果然很醒目嗎……」

拉長自己穿著的白袍袖子，莎緹拉不安地問昴。但是，以為只是服裝問題的她，似乎對自己柔美的容貌太不在乎了。

「那個，我想請問一下……」

「啊？妳穿著漂亮衣服在這邊閒晃什麼啊。」

方才也是，莎緹拉才剛出聲就被冷淡地打斷。打探情報的成功率之低，是容貌乘以服裝的兩倍再平方。話雖這麼說，但也不可能要她換上骯髒的服裝。

「至少脫下這件袍子，他們的態度可能就會不一樣……」

「……嗯，我知道了。」

莎緹拉雙手抓住長袍的肩膀處，但卻沒有脫下。雖然覺得她那態度讓人無法理解，但昴也沒有刻意質問。

莎緹拉垂下的手指，不住地撫摸別在左胸口的紅色花飾。指頭上的觸感令她安心地微笑，這反而催生了昴的幹勁。

在她的能力無從施展的情況下，昴的骯髒模樣若能派上用場，那自己願意實現她的心願。在小巷裡被混混們痛毆也算有了價值。

「別擔心，這邊就交給我吧。現在最重要的，就是用我的勞苦功高慢慢逼近犯人的所在之處。沒錯，用我的勞苦功高，追上去，前往犯人的根據地！」

「我了解你因為派得上用場所以很開心，可是這麼用力強調實在有夠難看。」

原本伴隨音效擺出POSE的昴，頓時成了賣弄功勞的小人物。

才另眼相看就又出包。莎緹拉面露這樣的表情，昴只能苦笑。相遇後的這兩個小時，兩人的應對越來越熟稔，只是這次的對話結束得很不同。

「抱歉，我已經到極限了。」

說完，帕克虛弱地靠著莎緹拉的脖子。灰色的毛皮帶著淡淡的光芒，身影模糊地像要消失。

「怎麼消失的方法像要死掉一樣啊。」

「因為要保護獨生女免受眼神凶惡的男子侵害，所以硬是撐著直到身體不堪使用，消失的時候我會整個散掉吧。」

「怎麼那麼嚴重。好，你消失後，保護女兒的任務就交給我，我不會讓危險男人接近她的。」

「那在我消失之前，可以先讓你消失嗎？」

「不好吧!?」

「開玩笑的啦。」帕克見昴抱著自己的身體往後退，不禁噗嗤笑出來。接著帕克向莎緹拉使眼色，她從胸前拿出一顆閃耀著綠色光輝的結晶。

「對不起讓你勉強自己了，帕克。接下來我會努力的，好好休息吧。」

她手掌上的綠色結晶綻放微弱的光芒，那色彩與寶石略微不同。在昴的知識中，水晶是最適合的稱呼。

帕克沿著莎緹拉的肩膀往掌心走，到了水晶那就用力伸展小小的身體抱住它，最後回頭對莎緹拉說：

「雖然妳知道，但我還是要叮嚀妳不要太勉強。要是有什麼萬一，就算用歐德也要叫我出來。」

「明白了，我又不是小孩子，自己的事我會妥善處理的。」

「這可說不準呢，畢竟我女兒在這方面有點奇怪。拜託你了，昴。」

帕克朝莎緹拉投以父親看小孩的慈愛眼神，莎緹拉在害羞的同時又感到不高興。而對話的棒子突然丟向自己，昴用力拍打自己的胸膛。

「放心，交給我吧，儘管期待我的第六感。一旦我判斷有危險或遇到危險人物，就會立刻回頭的！」

「你說的有一半我都聽不懂，不過麻煩你了。就這樣，晚安，要小心喔。」

最後瞥了莎緹拉一眼，這次帕克的身影完全從這世上消失。

帕克小小的身體化為光粒，像融入世界一樣消失無蹤。除卻會說話的貓這一點，第一次親眼目睹精靈這種幻想中才有的東西，感動的情緒不知不覺湧上昴的心裡。

昴在一旁感動的時候，莎緹拉寶貝地撫摸掌上的水晶，小心翼翼地收入自己懷中。

根據事情的發展，現在在裡頭的，是類似帕克精神體的東西吧？

「剩我們兩人了……你可別想什麼奇怪的事，我可是會用魔法的。」

相較於昴，認真相信帕克方才所言的莎緹拉相當警戒。

「喂喂，和女孩子兩人獨處的狀況，從我小學之後就沒有過了。雖然很不得了，但我什麼也沒辦法做，沒看到我一路走來展現的能力嗎？」

「總覺得萬分無奈卻又有難以反駁的說服力……嗯，好吧，我們走。只不過帕克不在，所以要比之前更謹慎。」

被昴抬頭挺胸說著不爭氣豪語的樣子給嚇到了吧，莎緹拉拉緊胸前的袍子往前邁步。

「我走前面，昴警戒後方。發生什麼事就立刻叫我，絕對不可以想要自己設法解決。我不希望害你受傷……因為你很弱。」

「那些開場白很不錯，讓我無法恨妳……」

如果要丟下自己，就不需要說「因為你很弱」前面那些話了。

沒有隱藏真心話這點，果然是她太天真了，天真到叫人融化。

催促還想說什麼的莎緹拉，兩人再度開始搜索。

說是這樣，但要做的事沒什麼變，就是找出貧民窟的居民，告知他們小偷的特徵後詢問對方認不認識。一直重複這種土法煉鋼的方法。

負責問話的昴在累積經驗後技巧更熟練，節奏也掌握得更好。

「該不會是在說菲魯特那傢伙吧？是個金髮、動作敏捷的小姑娘吧？」

掌握到有力情報，是在只剩兩人打探消息快一個小時後。

對方是個笑嘻嘻和昴說「喲，小兄弟，近來可好？」的男人。

「如果是菲魯特的話，偷來的東西應該是放在贓物庫裡頭吧。掛上牌子放在倉庫裡，之後由倉庫主人羅姆爺拿到別的市場兜售。」

「真是奇怪的模式……不擔心那個倉庫主人帶著贓物逃跑嗎？」

「就是因為相信他不會那麼做，他才當得成贓物庫主人啊。只不過就算你說那是我被偷的東西，他也不可能乖乖還你，得靠交涉技巧才能買回來。」

畢竟是被偷的人太白痴了。男子發笑，視此為理所當然。

因為打聽到那個贓物庫的位置，所以應該沒有多久就能抵達目的地吧。

只不過取而代之的，是其他問題浮出檯面。那就是兩人身無分文的現實。

「說是叫我們買回來啦。怎麼辦？東西在對方手上，感覺只能聽對方喊價。」

「明明是來討被偷的東西，為什麼變成得付錢不可……」

問題往阮囊羞澀的方向傾斜後，莎緹拉突然一臉傷腦筋。

她的喃喃自語是再正確不過的論點，但要是以為對方也吃這套就太天真了。要穩健且確實解決的話，聽從男子給予的情報方是上策，可是……

「雖然事到如今才問，但妳那個被偷的徽章看起來會很貴嗎？就算被喊價，在交涉前最好先搞懂行情。」

「……正中央鑲著一個小小的寶石，我也不清楚換算金錢究竟值多少，不過可以確定不會是便宜貨。」

「寶石啊……這可麻煩了。」

即使是沒知識的人，也知道一顆寶石就能換到大量金錢，是很方便的道具。這個世界應該沒有製作寶石贗品的仿造技術，所以看起來像寶石的話就一定是寶石。亦即，寶石自然是高價的象徵。

完全沒有可以樂觀的要素，但是昴感覺莎緹拉的話怪怪的，她竟然不知道自己持有的徽章價值多少。

雖然徽章可能是別人給她的，但應該不至於完全不知道。

「總而言之，先到贓物庫那邊再想吧，說不定靠交涉可以爭取到實惠的價碼……」

最壞的情況，還是有能夠籌措資金的手段，但對昴來說會是重大損失。只是在真的需要動用最終手段前，他都不想讓莎緹拉知道。
兩人就這麼一路爭論如何拿回徽章，走了大約十分鐘。
贓物庫——走到被這麼稱呼的建築物前，兩人面面相覷。
「比想像的還要大呢，小偷之中也是有很勇猛的人嘛。」
「終於知道不叫小屋而叫倉庫的理由了。裡頭全都是被偷的東西的話……那不管有多少都沒救了。」
那是當然的，因為會定期銷毀，所以贓物不可能堆得滿滿的。
贓物庫有著異於其粗俗稱呼的威容，看起來堅固結實。雖是平房，但建築物的坪數卻可比集合式住宅。背靠高大的城牆，位居貧民窟的最深處。
「後面那高高的牆壁是……」
「王都的防衛城牆。似乎在不知不覺間，我們從王都的正中央走到角落了。」
聽莎緹拉這麼一講，昴的腦中浮現朦朧的王都地圖。
王都八成是四方形，四個方位就是用這種防衛城牆覆蓋防護。城牆內側的中心或最北處有城堡，而離那最遠的地方就是現在的所在地——貧民窟。
考量到自搜索開始已過了三、四個鐘頭，王都之大似乎比昴所推想的還要遼闊。
「好啦，我想按照傳聞，管理贓物的倉庫主人就在裡頭……不過以我們的立場，要用什麼態度進去呢？」

「堂堂正正進去就好了。就說我們有東西被偷，讓我們找找裡頭，發現的話就還我們。」
即使主張那種正確論點在這裡不適用，可是莎緹拉根本就充耳不聞。
她的性格太過直接，沒有絲毫變通和順從人情世故變通的特質。正因為莎緹拉是這種人，所以才會在那個時候救了昴。
「好，我明白了。這樣的話，這邊就交給我處理。」
按照她的論點走，受挫的可能性非常的高，無可奈何之下昴只好毛遂自薦。
最後的手段——太早亮出來就沒有王牌的氣勢，但錯失時機讓事態惡化只是徒增問題，因此昴在下這種決定時絲毫沒有猶豫。
莎緹拉對他的建議一臉錯愕。那直接的表情真可愛，昴這麼想著一邊準備開口反駁莎緹拉要說的顧慮——
「我懂了，那就交給昴。」
「我就知道妳不會輕易點頭，我沒有笨到自以為這段路走來已經贏得妳的信任。不過，我有個點子，還請相信……妳剛剛說啥!?」
「幹、幹嘛那麼驚訝？」
「直到剛剛我們都還在爭論呀？『你以為我會把重責大任交給一路上都幫不上忙的二氧化碳產生裝置嗎？不要笑掉我的大牙了，狗都比你好用呢。』雖然會被這類言語傷害，但我還是夢想會有這種創新展開喲!?」

「我才不會說那麼過分的話呢！」

昴的誇大被害妄想惹火了莎緹拉。不過她咳嗽一下，用那對紫水晶瞳眸盯著昴。

「確實，要說沒被你絆住腳步是騙人的。才想說你一臉認真，結果下一句馬上就講頹然喪志的話。」

「頹然喪志這成語很久沒聽過了。」

即使插嘴，但那無從辯駁的評價讓昴只能垂肩低首。

「雖然你會像那樣惡作劇，不過哄那女孩不哭帶她找到家人，都是昴的功勞，我也不認為你是那種沒有思考就空口說白話的人。」

回顧過往，大多都在繞遠路，她嘆氣道：

「所以說，我想試著去相信昴……帶著順利的話就賺到的心情。」

「後半段改成仰望我說『請為了我努力』，這樣我會比較有幹勁喔？」

「我不可能勉強自己說那種話。不過，加油囉。」

在各種層面上，她都是一名不懂說謊的少女。

「——嗯，我會加油。」

昴微笑回答，然後走向贓物庫的入口。

沒對莎緹拉說的王牌——就是從現實世界帶來的物品，對昴來說是唯一的財產。如果是這個世界沒有的東西，就有可能以物易物。

對昴來說是很沉痛的選擇，不過很難想像莎緹拉被偷的徽章具有超越手機的價值。這種抽到好牌的機會僅存於這個世界。

「那個——請問有人在家嗎？唉呀，門開著。」

贓物庫的入口飄盪著腐敗氣味。想要敲擊木造的門，才從微微開啟的門縫注意到根本沒上鎖的事實。瞄了裡頭一眼，內部非常昏暗。

「沒有路燈就是這麼不方便……贓物庫裡頭也是，考量到這棟建築物存在的理由也是當然啦，但裡頭比門口還要暗。」

即使把頭伸進去看，但在連月光都照不到的貧民窟深處，根本就是伸手不見五指。昴堅定踏入裡頭的決心，不過進去前他先回頭對莎緹拉說：

「沒人回應，我先進去看看，妳可以在外面把風嗎？」

「沒問題嗎？還是我進去比較好……」

「萬一被人偷襲，妳打先鋒我們就會全滅。我被攻擊的話，要回復還是反擊端看妳的決定，這樣的任務分配才合情合理。所以，拜託妳麻煩妳PLEASE～」

莎緹拉深思昴的話。沉默思考一陣子後，她將手伸入懷中，拿出一個白色結晶敲擊牆壁，結晶開始泛出微弱的光芒。

「至少帶著照明去。不管有沒有人，都要叫我喔。」

「知道了。帕克也有叮嚀，說要慎重。這個石頭還真方便耶。」

「拉格麥特礦石到處都有，你真的很不食人間煙火耶，昴。」

語氣帶著錯愕，莎緹拉將拉格麥特礦石交給昴。微微發熱的結晶發出朦朧的光芒，亮度大約和蠟燭差不多。

「ＯＫ，那我進去看一下。不會太晚回來，不過妳可以先去吃飯。」

「不要說那些蠢話，小心點啦。」

「好啦好啦，莎緹拉也是，除非我叫妳不然不可以進來喲？」

即將涉足險地的勇氣，促使昴開口說出莎緹拉的名字。

一直以來因為害羞而不敢說出口的名字，終於化為聲音了。昴握拳偷瞄莎緹拉的表情。

「……怎麼了？」

和自己的想像相反，莎緹拉對此瞪大眼睛全身僵硬。這預料之外的反應讓昴歪頭詢問，遲了一會兒莎緹拉才搖頭。

「沒事……沒什麼。拿回徽章後，我要向你道歉。」

「我不知道妳要道什麼歉啦，不過比起對不起，說謝謝更能讓我高興喲。要是再搭配笑容就更讚了。」

「笨蛋。」

送出簡短兩個字的嘴角翹起，莎緹拉微笑的樣子深深映入眼簾。連昴這樣的無聊玩笑都能逗她一笑。

交涉順利解決後，真想在明亮的地方再看一次她那笑容。

「好啦，會出現什麼牛鬼蛇神呢？因為是奇幻世界，所以出現什麼都不奇怪啦。」

說著俏皮話的同時，昴一手拿著拉格麥特戰戰兢兢地踏入倉庫。

昏暗中，一走進入口首先看到的是櫃檯。這裡原本是旅館之類的建築物吧？一樓似乎繼續用來當作酒吧。

負責接待客人的櫃檯上方和後面狹窄的地方，擠滿了各式各樣的物品。

有小箱子、壺、刀劍和廉價的貴金屬等，種類繁多。之所以知道這些全是贓物，是因為每樣物品上都掛著一個小木牌。

「好像是回收木牌交給衛兵，就能一口氣完成多項檢舉任務的模式。」

按照慣例，靠偷竊吃飯的勾當原本就與一國腐敗的黑暗有所關聯，從這裡賣掉的贓物會落入何人之手也很可疑。

想著這些事，昴尋找目標物走入深處——就在這時候。

「嗯？」

鞋底產生的異樣感讓昴停住腳步。

不是那種好像踩到什麼硬物的感覺，相反地，踩到的地面像是拉著腳不放——鞋底感覺踩到了什麼黏質物體。

抬起腳，用指頭觸碰運動鞋底部，上頭果然附著著黏黏的液體。用手指輕輕碰觸那詭異的黏著物，不快感油然而生。

「這是什麼？」

手指湊近鼻子嗅聞，但因為屋內的空氣原本就很淤塞，所以聞不太出來。這種情況下只能用舌頭確認，但他沒有勇氣。

將討厭的觸感擦在牆上，被不快感催促的昴將拉格麥特礦石拿向前方。當他正要前進時，終於找到異樣的源頭。

「……啊？」

忍不住發出呆愣的聲音，因為他終於知道「那個」是什麼了。

在淡淡的光芒中，一開始看到的是躺在地上、慘不忍睹的「手」。手指像在企求什麼而張開，但很不可思議的是手臂上方並沒有連在身體上。

移動光芒尋找手臂應該連接的地方，結果找到了被扔到更裡面的腳。腳有牢牢接在軀幹上，軀幹的其他部分也都還在。

——頭被整個劈開，眼前是失去一隻手的大塊頭老人死屍。

「咿！」

察覺到那是屍體的瞬間，昴的口中吐出無意義的空氣。

此時，他的大腦完全被空白支配，思考被吹到純白的彼方，手腳像結冰一樣無法動彈。一片全然的空白，接著……

「——唉呀，被看到了呢，那就沒辦法了。嗯，沒辦法啊。」

是女人的聲音。

低沉冷淡卻又帶著愉悅的女人聲音。

「呃啊——！」

根本沒時間回頭。

正要把臉轉向聲音來源，身體就受到衝擊飛了出去。背部撞上牆壁，拉格麥特離手在地上彈跳，視野被沁染成黑暗。

然而，昴的意識卻不在那些事情上，支配他意識的是……

「呃唔唔唔……好、好熱。」

——支配全身的壓倒性「熱度」，正在燃燒菜月昴。

——這下真的糟了。

臉部品嚐到堅硬地面的觸感，這才知道自己是趴倒在地。

全身使不上力，連手指都失去知覺，只有「熱度」支配全身。

不停咳嗽，咳到視為生命之源的東西都快從喉嚨湧出。咳著咳著開始咳血，嘴角漾著血泡。

朦朧的視野裡，只看到被染成鮮紅的地面。

——啊啊，這些全都是我的血嗎？

陷入體內血液流光的錯覺，同時伸著顫抖的手找尋快將身體燃燒殆盡的「熱度」源頭。手指碰到腹部的撕裂傷時，他這才明瞭了。

難怪會覺得燙，原來是把「痛楚」錯認為「熱度」了。強烈的撕裂傷幾乎把身體分為兩半，只剩下一層皮勉強連在一起。

換言之，現在面臨了人生的「死局」。

理解到這點的瞬間，意識急速遠離。

方才還在折騰人的「熱度」不知道消失到何處，噁心的鮮血觸感和碰到內臟的手感，全都被遠去的意識帶走。

唯一被留下的，只有拒絕與「靈魂」同行的肉體。

眼前鋪著鮮血地毯的地面，被黑色皮靴踩出波紋。

有人在這，而且這個人八成就是殺了自己的兇手。

然而，他卻沒想要拜見這個人的尊容。那種事根本就無所謂。

——唯一的期望，就是她能平安無事。

「——昴？」

宛如銀鈴的聲音傳來。聽到那個嗓音，能聽見那個嗓音，可說是他最大的救贖。所以——

「——呃！」

一聲簡短的哀嚎，鮮血地毯又迎接了某人。

倒臥的身軀就在旁邊，那兒還有自己丟人現眼伸長的手臂。

無力落下的雪白之手，和自己染血的手微微交握。

微動的指頭，似乎想要回握他的手。

「……妳等著。」

抓住即將遠去的意識尾端，硬是轉頭爭取時間。

「痛楚」和「熱度」全都遠離，自己這樣簡直就是喪家之犬無意義的咆哮。

然而，儘管如此——

「我一定——」

——會救妳的！

下一秒，菜月昴死亡。

第二章　『太遲的抵抗』

1

「——你是怎麼了，小哥。突然一臉呆樣。」
「嗄——？」
被長相嚴厲、有著顯眼白色刀疤的男子呼喚，他忍不住發出了呆楞的聲音。
他的反應讓男子的刀疤扭曲得更厲害。
「我、問、你，決定得怎麼樣了？凜果，你到底買是不買？」
「啥——？」
「凜果啦！你想吃吧？是你自己這麼說的，結果卻突然雙眼失神嚇死人了……所以，考慮得怎麼樣？」
肌肉結實隆起的刀疤男，手掌上放著一個小巧可愛的紅色果實，是個酷似蘋果的水果。他看看果實，又看看中年男子的臉。
「不了，畢竟我可是天魔不滅的窮光蛋。」
「什麼啊！只問不買嗎？去去去，走開走開！我這是做生意的，沒空理你的問題。」

被老闆揮手驅趕，他只好搖搖晃晃地穿過店旁。
然後他——菜月昴環顧四周。
「咦？咦？——這是怎麼回事？」
並不是向任何人詢問，他光是將疑問和困惑說出口就用盡了全力。

2

大馬路還是一樣人來人往，除了偶爾會通過的蜥蜴馬車外，整條路上都擠著滿滿的行人。
日照還很充足明亮，氣溫也沒有很高，但一看到眼前走過身上長滿毛皮長得像狼人的人種，腦袋就浮現「哇啊，感覺好熱」的感想。
「話說，現在不是像土包子發表無聊感想的時候吧!?」
抱頭扭腰，在原地用全身展現苦惱的昴，由於姿勢奇特，吸引了周圍的好奇目光。但是，現在沒精神去在意那個。
「明明……剛剛還是晚上，不是嗎？」
眼前太陽高高掛。至少在昴的認知中，他剛剛才迎接夜晚的來臨。
從晚上一瞬間逆轉到白天——對昴來說，只會讓他回想起剛被召喚到異世界的時候。只是這次跟那時有顯而易見的不同。

「腹部的傷……不見了。」

他掀起上衣衣襬確認腹部。

自己應該被大型利刃之類的凶器給切開，大量出血到難逃一死的地步才對。然而腹部不要說傷口了，連血跡都沒有。

不僅如此，愛穿的運動服上也沒有沾上絲毫塵埃和泥土。

手中的塑膠袋好好的，褲子口袋塞著手機和錢包的狀況也沒改變。從各種意義來看，都是完整的初期狀態。

——我好像快瘋了。

記憶混亂下，昴拚命回想失去意識前的事。

沒錯，自己應該是被砍裂腹部死了。記得當時有女人出聲說話。

在贓物庫發現屍體後，自己應該就被製造出那具屍體的人攻擊了。然後在瀕死狀況下——

「……對了，莎緹拉！」

擔心昴而進入贓物庫的莎緹拉，也成了凶刃的餌食。

一思及此，昴感受到五臟六腑像被擠壓般地疼痛。那比起意識到自己被殺，更嚴厲地讓他感受到己身的罪孽。

「莎緹拉就拜託了……我不是被帕克這樣請託了嗎？」

他想起在消失前，看著自己這麼說的帕克。

和小貓定下的約定，絕對不是輕率隨便的話。然而昴不僅忽視了對他的再三忠告，還大意錯失了機會。

莎緹拉吩咐過──要是有什麼事就出聲，自己連這指示都忘得一乾二淨。

「我白痴嗎……不，我就是白痴。現在哪來的閒工夫垂頭喪氣，總而言之，得先找到莎緹拉和帕克……」

兩人可能已經死了。昴用力搖頭甩去那樣的想像。

毫無長處又幫不上忙，換句話說就是配角。連負責炒熱氣氛的自己都撿回了一命，那麼會用魔法又是雞婆濫好人，講話拐彎抹角個性脾氣卻耿直得可以的美少女，還有輕飄飄又難以捉摸的奇怪精靈，怎麼想都不可能會死。

──不對，是我不希望他們死。

「總之，現在得先去贓物庫一趟……」

既然那個地方就是意識的終點站，那麼應該會有線索。

想到就立刻行動，昴的快速果斷也在這種時候發揮效用。在原本的世界，他的決斷力都專門用在「今天就不去學校了」這類放棄的念頭上，不過對現在的昴來說，斬斷猶豫的心念具有莫大的意義。

但是，這樣充滿幹勁的決斷卻被──

「喲──小哥，稍微和我們玩玩吧。」

擋在面前堵住巷口的三名男子，開啟了妨礙事件。
看向聲音來源，昴驚訝到不自覺地張大嘴巴。
「喂喂，傻著一張臉幹嘛？」
「還搞不清楚狀況吧，要不要我們告訴你啊？」
三人露出卑鄙的笑容嘲笑昴。仔細盯著他們瞧，昴的心境簡直就像在收看搞笑劇。
找碴的男子有三人，裝扮就算講奉承話也不能說是整潔，還有著散發出教養和品格都很差的典型小混混臉。
對於這一切，昴有著無可奈何的熟悉感。
「你們……該不會在我不知道的時候被打到頭吧？」
因為他們就是幾個小時前，製造出昴和莎緹拉邂逅契機的地痞流氓。
他們沒搞錯自己的窩囊立場吧，再怎麼說也很難想像是三個跟他們很像的人聯合起來做同樣的犯行。
「還是說，是看我落單所以想報復剛剛的事……對嗎？我能理解你們想趁人之危的心情，不過搞錯時間點的話，夜路走多還是會遇到鬼的，你們……」
「你在講什麼啊，腦子壞掉啦？」
男子們嘲弄想心平氣和對談的昴，那態度讓想息事寧人的他氣上心頭。因為狀況緊急所以他才想溫和解決，不過昴本來就是個沒耐心的人。

「聽好了，小哥。乖乖聽話把身上所有東西都留下來，這樣我們就放過你。」
「啊啊，好好好。身上所有東西嗎？我很急，拜託就這樣放過我吧，麻煩了。」
「還要裝狗！趴在地上學狗的樣子，大喊救人喔～」
「不要得意忘形了，混帳！」
男子們太超過的發言，快速地將他的忍耐之線給扯斷。
昂突如其來的發飆舉止令他們感到錯愕。在愣住的男子之中，昂首先鎖定瘦弱的男子當目標。方才打架的敗因，就是因為他身上帶著刀子。
「首先是你！不知道性命重要的傢伙給我去死吧！」
朝掌心灌注渾身力量彈飛男子的下顎，接著一拳打在滯空的軀體上。男子撞上牆壁倒地不起，接著昂立刻朝下一人施以掃堂腿。
突然的發展令人措手不及，第二個人被踢到，摔倒在地。昂趁這空檔突擊最後一人，低空擒抱住對方的身體撞向牆壁，對方背部受到撞擊發出痛苦呻吟，昂再補踹一腳給他致命一擊，接著回過頭，朝摔倒的男子招手挑釁。
「來，單挑吧！堂堂正正地攻過來啊！」
「搞偷襲小手段的人還說什麼堂堂正正！臭小鬼！」
憤怒到臉紅脖子粗的男子，一把抓住腎上腺素正用力分泌、態度堅決的昂，然後想順著力道把昂推向牆壁。

「有夠嫩的！」

昴反握他的手腕，用凌駕對方的腕力，扯開他抓著自己肩膀的兩隻手。

看到男子臉上露出明顯的驚懼，昴眼神凶惡的臉更加扭曲。

「不要小看我拒絕上學多出來的時間。我日復一日、毫無理由揮舞木刀鍛鍊出來的握力超過了七十公斤，舉重的話八十公斤我也舉得起來，喝！」

手腕快被捏斷的痛楚讓男子放聲吶喊。在他失去平衡的瞬間，昴用膝蓋踢他。小混混快昏死過去，昴迅速繞到他背後，環抱住他的腰。

「死了可別恨我。我早就想試上一次了，地面仰背摔！」

按照摔角的反向背摔訣竅抱起對方，然後在往後仰的途中扔出去。男子無計可施，腦袋就這樣撞上牆壁，落到地面身體抽搐。

確認有兩人連話都不能說，昴最後走向自己一開始攻擊的持刀男。

相較之下所受傷害較少的男子冒著汗，想拔出懷中的刀子應付靠近的昴。但正因為他想拔刀，昴毫不留情地踢他的臉，秒殺。

「——呿，輕鬆獲勝！我絕不會讓邪惡在這世上興盛的！」

擺出獲勝姿勢後，菜月昴一個人在現場慶祝勝利。

確認這三人都沒死，昴快速離開巷子。

「狀況完全沒改變。總之，得趕快去贓物庫。」

看到昴毫髮無傷地走出巷子，行人發出意外的感嘆聲。既然發現有人在打劫，是不會去通報衛兵喔！雖然很在意他們發出的聲音，但內心更想對他們說教。

當然，時間寶貴，現下只能小跑步逃離那裡。

3

在巷弄內復仇完，昴抵達貧民窟最深處——贓物庫前面時，太陽已經西下，時間進入傍晚。

「終、終於找到了……費了不少功夫，真可惡。」

擦汗的同時，昴在好不容易抵達的目的地前癱坐。

到處奔波繞來走去，在來到這裡之前浪費了將近兩小時。

「還以為剛剛來過應該不會迷路的……」

看不懂路標上的文字，對昴來說果然是很嚴重的障礙。話雖如此，貧民窟外頭也沒有標明大大的贓物庫名字，所以他是仰賴記憶找到這裡的。

「之前來的時候不是在和莎緹拉說話，就是看她看到呆掉，所以路也記得不清不楚的。」

昴滿身大汗戲謔地說。

——不過，無法別過眼，昴犯下最大罪過的現場，如今就在眼前。

即使想用輕薄的自言自語打混過去，也無法唬弄自己的內心。心跳聲放大，脈搏加快，昴的雙手逐漸變得沉重。唾液枯竭舌頭刺痛，劇烈的耳鳴不斷敲擊腦內。

這個贓物庫裡頭，有昴追尋的答案。

一瞬間，在室內目擊過的光景於眼皮底下重新播放。老人的屍體、自己被斬開的腹部，還有因自己的過錯而被牽連的莎緹拉悽慘的身影。

「不要怕，不要怕，不要怕啊。我是笨蛋嗎……不，我就是笨蛋，都來到這裡了豈能空手而歸。」

自己原本就沒有可以回去的地方，如今的依靠就只有一個。

下定決心後他向前邁進，在要踏出步伐時，昴才發覺膝蓋在顫抖。拍打發抖的雙腳強迫自己冷靜，這次昴先深呼吸才繼續前進。

在橘色的日照下，贓物庫厚重的門彷彿無言地拒絕昴。

「有人在嗎？」

打消因自己的懦弱所產生的錯覺，昴邊敲門邊大喊。

門板響起沉重的聲響，但卻沒人回應，只有令人無法忍耐的沉默作為回禮。害怕這靜謐的昴更加用力揮拳。

「有沒有人……有人吧？拜託了，回答我啊……拜託。」

緊抓飄渺的希望，期望有人讓他相信之前看過的光景是騙人的。

承受不住昴的激情，門板發出呻吟，鉸鏈開始變形，然後——

「——吵死了！不知道暗號和口令，還想拆了門嗎？」

眼前的門用力打開，原本身體整個癱在上頭的昴飛了出去。

飛到距離贓物庫入口約五公尺處，慘跌在地面的昴兩眼發白。抬起頭，在他驚愕的視線盡頭，站著一個紅光滿面的禿頭老人。

骯髒破爛的衣服裹著鍛鍊過的巨大身軀，光滑無毛的頭部反射出夕照的豔紅。總結一句話，一個體型巨大、禿頭卻超級有精神的老頭站在那裡。

「搞什麼鬼啊你！一個生面孔想幹什麼呀？你是怎麼知道這裡的？怎麼到這裡的？誰告訴你的？」

老頭惡狠狠地縮短距離，輕輕抓住昴的後頸。

品嚐雙腳懸空的滋味，昴才明白自己有幾兩重。原本想說對手不怎樣的話自己不可能會輸，但沒想到對手份量十足。

被身高超過兩公尺的老頭扛起，昴連抵抗的力氣都喪失。

「……我的名字叫菜月昴，是忙碌不已的漂泊浪子……總而言之，先放我下來吧？」

我想腳踏地面再說話啦。昴竭盡全力地委婉呼喚。

4

雖然第一次見面的印象極端惡劣，但昴平安無事地被帶進贓物庫中。

因為他告知老頭提供自己贓物庫情報的男子相貌。

一進門的櫃檯旁邊，設有給客戶使用的固定座椅。由於坐起來感覺不舒服，他只好一直調整屁股的位置。接觸臀部的部分已經年久失修到有倒刺，不時會有屁股被刺到的感覺。如果是在肛門即將解放的時候，這種危險的感覺很可能會扣動解放的扳機。

「怎樣，從剛剛就在那扭扭捏捏的，這麼在意蛋蛋的位置嗎？」

「我不是在意兒子的守備位置啦。是說，不要講下體的話題啦。」

與其說是個子高，巨大這詞彙更適合這個老頭。站在櫃檯裡的他被擠到必須彎著腰，他從櫃檯下方的架上拿出酒瓶，朝杯子裡倒酒送到嘴邊。

「想說晚上小酌幾杯，結果就被你大呼小叫地打擾。如果是為了無聊的事，老朽可不饒你。」

「太陽才剛下山你就開始喝酒，這樣會早死喔。」

說著惹人厭的話，昴用手支著臉頰大略地環視贓物庫內部。

傍晚的贓物庫──根本沒有昴先前嚐到慘劇的蛛絲馬跡。各種贓物毫無秩序地隨意放置，完全看不出是亂放還是整理過。

察覺到昴的視線，面前的老人了然於心地眯起眼睛。

「喂，小子──你對贓物有興趣？」

一句話就直接命中核心。

大塊頭老人自稱羅姆爺，可能是因為昴先自報姓名，所以和他的交涉意外順利。

櫃檯後方的羅姆爺輕聲發笑，邊朝骯髒的酒杯裡頭倒酒。

「哼，來這兒的傢伙目的就只有兩個，不是拿贓物過來，就是要找贓物。你是哪一個？」

「……我其中一個目的確實是後者。」

「其中一個？那你來這還有什麼事？」

肯定昴的附加條件，羅姆爺抬起一邊的眉毛。昴點頭回應後猶豫再三，最後抱著會被人當神經病的覺悟發問。

「我知道問這很蠢……老爺爺，你最近死過嗎？」

而且是頭被劈開右手被砍斷，但昴放棄補充這一句話。羅姆爺暫時撐開略帶灰色的雙眼，沒多久後破口大笑。

「嘎哈哈哈，還以為你要說什麼咧。我確實是個快死的老頭，但很遺憾還沒體驗過死亡。不過活到這把歲數，一隻腳也算是踩在棺材裡了。」

羅姆爺痛快大笑，像是聽到一個笑話。「要喝嗎？」說完便把杯子推向昴。「抱歉，」昴揮手拒絕酒精，用簡短兩個字表達歉意。

他雖然開口道歉，但不協調感一直在心中膨脹。

在贓物庫看到的屍體——毫無疑問就是眼前的老人。

在黑暗中，又是第一次看到屍體，內心的震驚根本稱不上平靜。儘管如此，老人的屍體特徵明顯很難錯認，但他現在卻在眼前生龍活虎的。

反過來說昴也一樣，受了致命傷的自己，現在也是活蹦亂跳。

那些該不會是自己的白日夢吧？昴開始無法信任自己的腦袋。

「那個感覺，全都只是夢嗎？如果是的話，那從哪裡開始是夢，我又為什麼會在這個世界？」

宛如燒灼的痛楚，微微接觸到的少女體溫，連自責到快氣死的念頭都只是夢的殘留的話，那為什麼自己會在這呢？

如果真是如此，乾脆連被召喚到異世界這件事也是夢算了。

「羅姆爺，你有在這裡看到銀髮少女嗎？」

「銀髮？不，沒看過。那種不吉利的醒目特徵，就算老朽的腦袋再怎麼僵硬，也不會那麼簡單就忘記。」

嘎哈哈，羅姆爺豪氣干雲地大笑。但聽了他的話，昴卻面色凝重。

從他的態度感受到認真，羅姆爺止住笑聲。

「喝吧。」

酒杯再次被推到昴面前。

酒瓶朝空酒杯傾倒，琥珀色的液體被倒到快滿出來。昴默默地看著。「喝吧，」羅姆爺再度勸酒。

「不好意思，我沒那個心情，而且我也不是喝酒後會耍狠使壞的小鬼頭。」

「白痴啊，誰說小鬼頭喝酒就要耍狠使壞。大口給他乾下去，燒燙肚子裡頭試試，要是受不了滾燙，大不了再吐出來。來，喝吧。」

羅姆爺第三次把酒杯推向昴。

被這強硬的態度壓倒，昴端起酒杯，將琥珀色液體湊近鼻子。濃厚的酒精味劇烈地刺激鼻孔，被嗆到的昴皺起整張臉。

然而，即使否定酒精，他依舊有照著羅姆爺的話去做的衝動。雖然借酒澆愁是差勁大人的代表作為。

「嘿——乾啦！」

傾斜酒杯，一口氣把酒倒入喉嚨。途中，酒精通過的內臟像燒起來一樣，昴發出大叫，氣勢十足地把酒杯用力敲在櫃檯上。

「噗哈！哇啊，好難喝！好燙！有夠難喝！啊啊，難喝死了！」

「是要說幾次，小心遭到報應！不懂酒箇中滋味的人，人生等於白過了！」

羅姆爺邊喝酒邊罵把湧上來的熱度吐出來的昴。他豪邁地就著瓶口喝到酒瓶倒過來。

喝下比昴多三倍的量，老人打了一聲嗝，笑道。

「看到沒，喝酒就要像這樣痛快！有沒有稍微發洩到了？」

「……嗯，只有一點！老爺爺，我要完成另一個目的。」

朝著笑開懷的老人回以壞心的笑容，昴邊用袖子擦拭流出嘴巴的酒，邊指向倉庫內部。贓物庫的深處，似乎放了很多值錢的商品。

看到羅姆爺帶著認真的表情，昴也直接了當地說。

「我在找中間鑲著一顆寶石的徽章，想請你把它讓給我。」

最初的目的——不是確認莎緹拉安全與否，而是原本造訪贓物庫的理由。

那就是莎緹拉被偷的寶石徽章。雖然沒聽說詳細經過，但那對她來說是即使冒著生命危險也要拿回的重要物品。

即使不清楚她的安危，但要是徽章確實存在，至少會是個線索。

面對懷抱希望的昴的要求，羅姆爺一臉為難。

「鑲有寶石的徽章……很可惜，沒人拿那樣的東西來過。」

「……真的嗎？再仔細想想，你不會是腦袋太硬，記憶力衰退了吧？」

「要是連喝了酒的絕佳狀態都想不起來的話，那老朽只能跟你說不知道。就這樣。」

連最後的希望都被切斷，羅姆爺衝著昴別有含意地奸笑。

「待會兒呢，有人約好要帶東西過來，而且事先就告知是上等貨，很有可能就是你在找的東西。」

「會帶東西來的……莫非是叫菲魯特的女孩？」

「正是……怎麼，你連小偷的名字都知道啊？」

昴忍不住用力握拳叫好。

盜取徽章的少女菲魯特，她的名字在這時出現了，這就證明徽章被偷的少女莎緹拉是真實的存在。

至少，那位銀髮少女是昴妄想出來的女主角可能性已經歸零。

「想到我對銀髮女角的喜好反映在想像中，忍不住就焦急起來了……」

「在你莫名感到安心的時候打個岔。帶來的東西你買不買得起是另一回事，有鑲寶石的物品價值都很高的。」

「哈！就算讓你知道弱點也沒關係，畢竟我可是萬夫莫敵的窮光蛋！」

「那你還來幹嘛！」

期望落空的羅姆爺出言怒斥。但是，昴卻朝他豎起食指左右搖晃。

「嘖嘖嘖，我確實沒錢。可、是、呢，這世上買東西的手段不是只有用金錢喲。還有以物易物這種原始手段吧？」

羅姆爺沒有反駁，用沉默催促他繼續往下說。昴點頭回應，將手插進褲子口袋翻找，後來他抽離口袋的手上握著某樣東西。

「……這是什麼，第一次看到。」

「我帶到這裡的，是可以凍結萬物時間的魔器『手機』！」

白色薄型手機和粉餅盒差不多大。朝著因第一次見到謎樣物體而吃驚的羅姆爺，昂快速地操作手機——接著，白色光芒劃破店內的昏暗。

喀擦，拍照聲響起。為連鎖發生的光芒和聲音感到震驚的羅姆爺，摔倒在櫃檯後方。誇張的樣子讓昂發笑，但羅姆爺卻大發雷霆。

「剛剛是怎樣！是想殺了老朽嗎？竟然做出詭異的舉動，不要瞧不起老人家！」

「等等，冷靜一點，深呼吸輕輕跳一下，然後看這個。」

將手機螢幕遞到因酒精以外的因素紅著臉的羅姆爺面前。用可疑的眼神看過去後，老人的雙眼頓時瞪得大大的。

「這個……不是老朽的臉嗎？這是什麼把戲？」

「我說過了吧？這是可以切割時間將之凍結的神奇道具。我剛剛就是用這個道具切割羅姆爺的時間，然後把那瞬間關在這裡頭。」

邊說邊改變相機鏡頭的方向，這次昂拍攝自己，再把螢幕拿給羅姆爺看，上頭顯示著昂比V手勢的靜止畫面。

「切割時間的感覺就像這樣。怎麼樣，很稀奇吧？」

「雖然這個裝模作樣的臉和姿勢很沒用，不過這確實……嗯……」

儘管對昂的動作多所批評，但羅姆爺的視線和興趣都牢牢釘在手機上。比預期的還要成功，昂興奮地握拳。

「第一次看到……不過這就是傳聞中的『流星』吧。」

「『流星』？」

不，這只是照相手機。昴想這麼回答，但羅姆爺搶先點頭說道：

「嗯，即使不能像魔法師那樣開啟魔法之門，也能使用魔法的道具總稱『流星』。原本的意思好像就是從天而降的贈禮。」

魔法道具的名稱「流星」。聽到這耳熟能詳的單字，昴點頭回應。羅姆爺將手中仔細端詳過的手機擺回櫃檯上。

「這玩意的價值無法估量。老朽在贓物庫工作很久，但這還是第一次買賣『流星』……可想而知具有極高的價值。」

接觸到稀有罕見的商品而想要大展身手，這點在贓物業界似乎也一樣。興奮到開口探討價值的羅姆爺，邊撫摸下巴邊俯視昴。

「這樣看來，就算是鑲有寶石的徽章，但拿流星來交換單純的裝飾品，對你來說太吃虧了。用這個可以換到更高價，不，它根本就沒必要和這些贓物贗品擺在一起。」

就拿贓物換取金錢的惡棍來說，這是莫名親切的忠告。

在老人充滿魅力的忠告面前，昴露出苦笑。確實，從旁人的眼光來看，自己的行為簡直再愚蠢不過。不過，他不在意。

「沒關係，就這樣換，我就用這個『流星』來交換菲魯特帶來的徽章。」

「為什麼要做到這種地步？那徽章有比這個『流星』更有價值嗎？還是你打算說那徽章的價值用金錢無法計算？」

羅姆爺的口氣充滿不耐。若昴是第三者，也會做出和老人相同的判斷吧。

「唉呀，坦白說我還不曾見過那個徽章，就算換成錢，金額也不會高過這個手機吧，所以對我來說毫無疑問是莫大的損失。」

「既然你都了解，為什麼還要這麼做？」

「不用問也知道吧，因為我就是要吃虧啊。」

羅姆爺第三次翻白眼，昴痛快地看著他那樣。

是啊，這就是答案。

「我想報恩，欠下的人情要加倍奉還。畢竟我是神經質的現代小孩，不那樣的話會良心過不去睡不好覺。所以說，就算吃大虧我也要換到徽章。」

「嗯……聽你剛剛那樣講，徽章根本不是你的東西囉？」

「是救我的銀髮美少女的持有物。理由我不清楚，但那是她很重要的東西。」

「那個恩人呢？沒跟你在一起？」

「目前還在找。也許蒙她所救一事，還有那位美少女的存在本身，都不是我在寂寞下產生的妄想！」

用力握拳道出先前否定的不安，藉此一笑置之。

得到徽章後，一定要再見那位少女一次。好想看到她的笑容。

「──你真是笨到極點了。」

看到昴決心不變，羅姆爺只是愉快地笑著。

5

走完正式交涉的前一步，昴接下來就和羅姆爺談笑殺時間。羅姆爺對「流星」的事特別興致盎然，看來即使在異世界，高科技依舊是男人的浪漫。

「不只服裝，你身上帶的都是稀有罕見的東西，這個也很好吃。」

「很好吃吧……我說，你吃太多了！我的零嘴啊，你收斂一點！」

「幹嘛那麼小氣，一個人獨佔這麼好吃的東西會下地獄喔。」

「擅自把別人好吃零食吃光的老頭才會下地獄啦。對自己不利就佯裝不知情還愛抱怨，這是團塊世代的壞習慣……別吃啦！」

稍微佛心來著才拿出零食獻寶，結果卻被吃得一乾二淨只能淚眼以對。他不情願地把空空如也的零食包裝收進便利商店的塑膠袋裡。

──然後，贓物庫的大門被敲響。那是在太陽幾乎西沉的時候。

靠著櫃檯開始打盹的昴抬起頭，羅姆爺的巨大身軀對敲門聲產生反應，身輕如燕地走向大門。老人一臉神祕，耳朵貼著門板說：

「對付大老鼠？」

「用毒藥。」

「對付白鯨？」

「用魚鉤。」

「對付我等尊貴的龍？」

「去吃屎啦。」

針對羅姆爺的簡短發問，門外的人都能立刻回以沒品的答案。真獨特的暗語，那就是暗號和口令吧。羅姆爺滿意地解開門鎖。看著他的背影，昴用乾渴的喉嚨說出「該來的終於來了」。

「——讓你久等了，羅姆爺。對方意外的難纏，花了我不少時間。」

一名少女親暱地誇耀己身的戰果，穿過羅姆爺身邊進入贓物庫。

是個有著一頭金色雜亂中長髮的少女。她的瞳孔像兔子一樣紅紅的，惡作劇的虎牙從嘴角探出頭來。嬌小的身軀穿著方便活動，講白一點就是破爛的衣服。

昴忍不住站起身。喀噠的聲響讓少女注意到昴，笑容頓時從她的表情褪去。

「啊？你是誰啊。喂，羅姆爺，我應該有說這次是大票的，所以不要閒雜人等在場吧？」

「我了解妳的心情，不過這個小子有事找妳——菲魯特，所以才在這裡。而且，不能說他跟

妳那大票的工作無關。」
聽了羅姆爺的回答，少女——菲魯特懷疑到皺起眉頭。
看到她的手無意識地貼在胸膛，就能猜想到徽章八成在那。菲魯特用警戒的眼神看著昴。
「這位小哥是什麼人？我該不會是被賣掉了吧？」
「論老朽和妳的交情，怎麼可能會做那種無情無義之事。是對妳來說也不壞才讓他待下來的，對吧？」
羅姆爺向昴眨眼徵求同意。
體驗到被老頭拋媚眼這種寶貴的噁心滋味，在蒙蔽緊張感的意義下，昴進入有點作嘔的小劇場，然後在羅姆爺令人倒胃口的視線中重新面向少女。
「表情不要這麼恐怖。來到這邊辛苦了，先喝杯牛奶如何？」
「渾身都是空隙的傻楞臉……你在打什麼主意我不管，但我個人只對錢有興趣。好了，進入主題吧。」
菲魯特反應冷淡。第一次見面的印象就這麼惡劣，昴聳肩說道。
「我拜託老爺爺，請他硬是安插時間給我……總之，我找妳是要妳懷裡的寶石徽章。」
少女嚇了一跳，眉毛上揚。知道偷竊事實和贓物詳情，使她升高對昴的警戒等級。不過，昴舉起雙手鬆弛她的戒心。
「我既不出手也不出腳，會出的就只有一張嘴。也就是說，來交涉吧。」

高舉的雙手手指，指向櫃檯旁邊的小桌子。

「這對我和妳都沒有損失，我的目標是讓彼此雙贏。」

期望對話的態度，讓菲魯特迅速點頭，走向指定的座位與他相對而坐。識趣的羅姆爺在杯子裡倒入牛奶，放在兩人面前。

「我提供場所和牛奶，但交涉本身要由你自己來，老朽可不管。」

「我是抱著被痛宰一頓的心態來交涉的，就看著我怎麼被人敲竹槓吧。」

昴摩拳擦掌、自信滿滿地說著不值得自豪的話，羅姆爺對此嗤之以鼻。另一方面，坐在對面的菲魯特喝了口牛奶，然後皺起眉頭。

「喂，羅姆爺。這杯牛奶水摻太多稀到沒味道，難喝死了。」

「怎麼不管是妳還是他，都說老朽好意端出來的飲料難喝……」

被講得狼狽不堪的羅姆爺，用大手掌撫摸說話毫不客氣的菲魯特的頭。她的頭被用力摸到像要掉下來，但看到羅姆爺那慵懶的表情，就知道他沒有加害的意圖，菲魯特也很習慣地承受。

「你們比老朽預期得還要合得來呢，被冷落在一旁很寂寞耶。」

「羅姆爺長得一臉要找碴幹架的凶惡臉，就別說那麼女孩子氣的話了。」

「妳從進門就一直挑老爺爺的毛病，不過妳應該不是要我跟他幹架吧!?」

菲魯特的話讓昴感到驚愕。他抬頭仰望禿頭老人，然後失去鬥志。

雖說自己因為眼神比較凶惡而容易被人誤會，但那根本無法和身高超過兩公尺的巨大老爺爺相提並論。

「啊——我剛剛說得太過頭了。抱歉啦，小哥。」

「雖然我很想視小哥這個可愛稱呼為和談成立，但這邊請先饒了我。今後無心之言傷到人的話……你怎麼了，羅姆爺？」

「你們兩個不會是結夥想惹老朽生氣吧？」

羅姆爺雖然面露笑容但額頭卻浮現青筋。昴和菲魯特看看彼此然後聳肩，這麼合得來的模樣令羅姆爺深深嘆息。

「唉呀呀呀……想想也是，跟菲魯特同個世代的熟人，個個都是老奸巨猾的人。」

「……羅姆爺，算我拜託你，你那種莫名丟人現眼的顧慮就別說了好不好。」

「還同個世代咧……這也難怪，在老爺爺看來大家都一樣大吧。」

瞥了菲魯特一眼，重新觀察，她那發育貧乏的身材看起來才十二、三歲，就算放寬標準頂多也才十四歲。

要和她當朋友或熟人，年齡差距足以令人不自在。

絲毫不理睬昴的分析，滿臉執拗的菲魯特和羅姆爺繼續鬥嘴。

「要是因為在意那種事而裝作獨來獨往的一匹狼還得了。老朽哪天身體不行了，沒辦法再好好支援妳，到時候妳一個人要怎麼辦？」

「這些話你幾年前就在講啦。除了同樣的話說很多遍的腦袋以外，其他地方才不會那麼快就不行咧。在變那樣之前……」

「變那樣之前？」

昴捕捉到囂張氣焰消失的語尾，激怒了菲魯特。她用力抬起頭。

感受到那是不該聽到也不被歡迎的氣氛，昴咳嗽清嗓。差不多也該把偏離主題的部分稍微修正回來了。

「那麼，重新開始交涉吧。那個，菲魯特，徽章妳有帶在身上吧。」

「……嗯，有。」

面對直接進入主題的昴，菲魯特簡短乾脆地回應。

她探手入懷，拿出一樣物品輕輕放在桌上。

——昴一直在找的徽章，是以龍為圖案，意象非凡的胸章。

大小剛好可以放在掌心上，材質無法判斷，但以翼龍為象徵的圖形相當繁複，獨特之處在於龍張開的嘴巴啣著一顆紅色的寶石。

徽章正中心的紅色寶石散發著朦朧的光芒，昴不禁看呆了。

「好啦——」

菲魯特的呼喚將昴陷入默然的意識喚回。像在對回過神的昴炫耀，她按住桌上的徽章一端。

「這次輪到你亮出王牌了。徽章是這麼高級的玩意，而且還是我千辛萬苦才弄到手的。要底牌相當，才會皆大歡喜喔？」

「用惡劣的笑容測試我，這點很不可取。不過我拿得出的王牌只有一件，畢竟我可是榮枯盛衰的窮光蛋！」

挺胸自豪的昴換來菲魯特的苦瓜臉。

還是一樣，只要聽到「窮光蛋」所有人都會擺出嫌棄的表情呢。昴心想。

心中的情感暫且擱置一旁，昴按照宣言亮出他唯一也是最強的王牌。

看著被用力放在桌上的手機，菲魯特的表情如預期一樣困惑。對這反應感到滿意的同時，昴起動手機的相機功能。

「看招！一秒九連拍！」

「哇哇哇哇哇哇！喂，這是什麼聲音，很刺眼耶！」

白光閃爍，機械快門聲快速地連響。

違反禮儀的拍照方式讓菲魯特一臉想抱怨的樣子，但昴在她張開嘴巴前把手機螢幕遞到她面前。看到螢幕上的自己，她瞪大眼睛。

「這個是……」

「沒錯，妳被複製了！這就是能夠切割時間並留下形體的『流星』。我打算用這個『流星』，和妳交換那枚徽章。」

開頭就亮出最大底牌，趁著氣勢讓自己在交涉中佔有優勢。

交涉的基本，就是配合情況讓對方順勢決定非此不可的強硬手段。

當然，這個方法和一開始就向對手宣告沒有比這更強力的王牌是一樣的，實質上昴都是用口頭來實踐。

「原來如此，不賴嘛。羅姆爺，這個『流星』可以賣多少？」

看著螢幕不住點頭的菲魯特反應極為平淡，昴對此大吃一驚。

不但沒有眼神發光，甚至沒有伸手拿手機。她的興趣不在於手機的功能和稀有價值，徹頭徹尾就只著重於能換多少錢。

「對高科技的浪漫，連在異世界也僅限用於男性嗎？太寂寞了！」

「吵死了，少在那邊嘰嘰喳喳的。就我來說這個沒看過的東西……『流星』？要是能賣得比這個徽章還要多就萬萬歲了。這一方面，我信任羅姆爺。」

「嗯，正確金額我也不清楚，但就結論來說兩者根本不能比。雖然我也覺得那個徽章可以換不少錢……但還是輸給了『流星』。總之，老朽的結論是，這個交涉對菲魯特來說是撿到便宜了。」

「是嗎是嗎？這樣不錯耶——」

羅姆爺的保證讓菲魯特心情大好。

雖然反應和預期有些不同，但目的快要達成讓昴也很心滿意足。

但是，就在昴快速伸手要拿徽章的時候，菲魯特制止了他的動作。

「慢著，互亮王牌到此結束。但是，我的抬價還沒結束喲？」

「……自己宣告要哄抬價格，這可不值得讚賞啊。是說，就算妳想把價格拉高也沒用，畢竟我可是天下無雙的窮光蛋。」

「人家才沒壞心眼到那種地步呢。羅姆爺都那麼說了，我也認同你的『流星』價值比這個徽章高，可是你說只有這張王牌是騙人的吧？」

菲魯特站起來，俯視坐在椅子上的昴。

一雙紅色瞳眸閃閃發光像在估價。看她那樣，冷汗滑過昴的背部。

作為交涉王牌，具備最大威力的手機已經亮相。但是，昴手邊還有好幾樣在這個世界應該也具有價值的東西。原本打算交涉不利的時候可以拿這幾樣來當備案，沒想到——

「放心，我說過了吧？我並不打算再從你身上狠撈一筆。只要那玩意可以換錢，我就很滿足了。」

嘲笑焦慮的昴，菲魯特輕輕拍手。她的反應令人窒息，昴在深呼吸的同時別開眼，不讓她察覺自己的動搖。

「那麼，妳說的抬價是什麼意思？」

「嗯？喔，很簡單，我的交涉對象不是只有小哥你一個。」

昴的頭上浮現問號，菲魯特豎起食指解答他的疑問。

「原本呢，我會偷這個徽章就是受人之託，對方說願意拿聖金幣十枚來換這枚徽章。」

「妳接了別人的偷竊委託嗎？所以這值十枚金幣？我是不懂行情啦……」

瞥了羅姆爺一眼。察覺到昴的意圖，他點頭回答：

「這枚徽章，老朽可以賣個四、五枚金幣，被殺價的話，有可能用三枚成交。」

「既然如此，就單純是翻倍收購囉？」

「不，她剛才說的是聖金幣喔。和市面上流通的金幣不同，聖金幣是以稀少的素材聖金製成，因此十枚聖金幣價值大約是二十枚金幣。」

「用四倍收購!?」

「驚訝什麼，你帶來的『流星』最低價也要聖金幣二十枚。視情況，可能會有願意出更高價的收藏家。不過那得另當別論。」

這世界的物價叫人難以理解，本來以為金幣已經是最高等級的貨幣了，沒想到又跳出一個聖金幣，而且叫人驚訝的是手機竟然值二十枚。

「既然『流星』的價值這麼高，就跟委託人說聲抱歉拒絕掉吧。」

「所以我才說要抬價了吧。」

菲魯特狂妄的表情，扭曲成更壞心的笑容。

「小哥都願意用貴得這麼離譜的東西來換了，若真的想要，對方不就可能會追加相對應的報酬嗎？」

「也就是說……如果對方願意出高於聖金幣二十枚的價碼……」

「小哥若不對我亮出剩下的牌組，勝負就不用比囉。」

菲魯特颯爽地斷言。重新訂正，她的表情不是壞心，而是惡劣到極點。

交涉走到這個地步，不穩定的發展使昴的臉色開始罩上烏雲。

「那麼，那個委託人在哪？有約好什麼時候交貨嗎？可以請對方一起上談判桌嗎？」

「當然，只不過對小哥很不利，我的賺頭也有可能減少。還有，交涉場所就不用擔心了，就在這裡。」

手指拍打桌緣，菲魯特靠著椅背仰望羅姆爺。

「羅姆爺在的話，大部分的對象都會取消使用暴力的選項。畢竟要和有這種外表的老爺爺幹架，光想就提不起勁了。」

菲魯特徵求同意，昴也瞥了羅姆爺一眼回以肯定的答覆。

另一方面，羅姆爺似乎不在意兩人對他的這種評價。

「老朽不在就啥都做不成，真是的，可悲至極。要不要再來一杯牛奶？會稍微甜一點喔。」

羅姆爺給人的感覺，就像是寵溺孫兒的笨蛋爺爺。

心情大好的羅姆爺為菲魯特倒牛奶。昴看著她流露出厭煩的嘆息。

「不過，既然妳一開始就將委託人叫來這裡，就代表即使沒有我妳也荷包賺滿滿嘛。」

「正是如此。你以為我花了多少苦心才偷到這個？而且像我這麼纖弱的女生單獨赴約，要是被賴帳了怎麼辦，很沒面子耶。」

「纖弱嗎……」

就菲魯特瘦弱嬌小的外型來說，這樣的形容絕對沒錯。但像剛剛那樣品嚐到她精神上的頑強和厚臉皮後，對於她「纖弱」的形容就產生了反抗。再深入回想，她辛苦偷竊這枚徽章的過程中，曾經對陷入生死交關的昴見死不救。

一想到就生氣，至少要抱怨個一句。

「話說回來，妳完全不記得我了嗎？」

「——？我們在哪見過？不過，如果不是充滿衝擊性的見面方式，我是沒空去記住的喲。原本小哥你外表就很平凡不起眼，只有髮色和服裝引人注目而已。」

菲魯特嘻嘻哈哈地說。

她的態度不像在說謊，包括外表平庸被瞧不起這點，都讓昴驚愕不已。

在異世界裡，人情這字眼可能完全被廢除了。目擊強盜殺人（未遂）現場還能忘得一乾二淨的精神力就是證據。

另一方面，也有在得不到好處的狀況下幫助昴的莎緹拉，和言行舉止跟惡棍一樣，卻沒辦法憎恨他的羅姆爺，所以也不能說是完全沒有人情味。

即使在異世界也有個人差異。只看壞的一面就下評論，實在很不妥。

「算了，就不跟菲魯特叫人遺憾的記憶力計較了。那妳等的買家何時會來？」

「那種叫人火大的說法是怎樣。因為我說會在日落前完成工作，所以就約日落後在這裡碰面……太陽也下山了，差不多該到了吧？」

這段對話或許就是觸發事件的引信。

門板突然響起尖銳的敲門聲，三人互看彼此。

「不講暗號？」

「啊，我沒告訴對方。八成是我的客人，我去看看。」

菲魯特伸出舌頭回覆羅姆爺的疑問，然後幾乎是用跳的站起來，走向倉庫入口。她的舉止給人的感覺就是把別人家當自己家。

「可以嗎？任她這樣隨便來。」

「沒差，又不是陌生人。我們的交情也不短……更何況她還要靠我居中調解。」

可能是心理作用吧，很高興被麻煩的老爺爺從倉庫深處拿出棍棒。

棍棒的長度跟竹刀差不多，材質大概是木材，然而，前端卻有許多突出的硬刺。從外觀看，是個只要被打到就會受到致命傷的絕佳武器。

「要說是狼牙棒還是什麼，果然就算在異世界，棍棒也是標準裝備啊……」

超過兩公尺高的健壯老爺爺，他的武器一如我期待的威武。這樣就算是穿著呈現半裸狀態的破布上衣和腰巾也很完美。

「無法視為文明人的姿態，就算是昴先生我也只能苦笑。」

「隨便說那什麼話，你以為交涉能發展到這種地步是託誰的福？」

「真讓人感嘆啊，」羅姆爺搖著頭說。昴因老人的態度而垂下視線。

「不，其實我很感謝你。雖然交涉還不算完成，但可以進展到這個程度，毫無疑問是託老爺爺的福，謝謝你。」

「……突然變那麼老實，你是瘋了不成？」

面對昴的感謝，羅姆爺用手指搔搔自己的禿頭，然後大聲吐氣。

「你是自己找到這，用自己的東西作為交涉籌碼，根本沒什麼好感謝老朽的。」

「沒那回事吧？因為羅姆爺原本就知道菲魯特預計在這裡進行徽章交易吧？既然如此，一開始的時候你大可不甩我，直接把我扔出去的。」

「…………」

「給予我談話機會的人，確實是老爺爺你，不過之後拿物品換取機會是我自己的功勞。是我，自己的，功勞喔！」

因為很重要，所以昴又重複說了一遍。

面對昴用拇指比著自己誇耀，羅姆爺滿臉不高興地沉默不語。結果惹人厭了啊，昴後悔自己方才輕浮的發言。

「感謝嗎……這邊有點不對，要道謝的人是老朽才對。」

羅姆爺突然對面露反省之意的昴低聲說道。

老人擠壓滿是皺紋的老臉笑了，這加深了他面部的皺紋。

「身上帶著『流星』，服裝和內心都很乾淨……其實你是很有身分地位的人吧？」

「不，沒那回事……」

「不用隱瞞。徽章被菲魯特偷走這件事，是不能公諸於世的事情吧？光是你試圖息事寧人這點，就讓老朽很感激。」

對於看不出底細的昴，羅姆爺擅自把他想像成一位大人物。在老人的腦袋裡，昴似乎是個機靈的紳士。

「老朽和菲魯特的交情，是在她還沒懂事的時候就有了。」

「喔，聽你們的對話就有那種感覺了。你們一直住在這裡嗎？」

昴抬了一下下巴，言外之意指的是貧民窟。羅姆爺點頭。

「住在這個地方，不管是誰都是拼死努力活下去。兒童為了存活，和境遇相似的孩子們成群結黨也是家常便飯……不過菲魯特不適合團體。」

「如果對誰都用那種態度的話，那我也能理解為什麼了。」

要說頑強也可以，但自我本位才是菲魯特自始自終的態度。

昴心想，假若是以利害相連的關係，那就不能視為是光彩的生活方式。

「不過既然如此，那羅姆爺對待她的方式不也有問題嗎？講出口有點那個，不過我認為正因為有寵溺她的羅姆爺，她那種個性才會沒法收斂。」

「……我無話可說，因為老朽確實是很偏心那孩子。」

羅姆爺撫摸禿頭平靜地說。看著老人低垂眼簾的側臉，昂感受到羅姆爺對菲魯特抱持著近似親人的情感。兩人之間應該沒有血緣關係，但至少對羅姆爺來說那是個羈絆。

「只要不是單相思就好。」

「即使那樣我也不在意……不，那樣比較好。」

聽了昂沒有主語的低語，羅姆爺輕聲回應。

羅姆爺的態度讓昂想再發表其他的話，但偏偏時間到了。

「你們兩個大男人不要小聲地在那邊咬耳朵啦，噁心死了。」

回來的菲魯特看到正在對話的兩人後口出惡言。而在笨拙諂笑的菲魯特後方，站著其他人。

「果然是我的客人，坐這邊可以嗎？」

用手勢驅趕昂後，菲魯特親切接待身後的對象。下一個交涉對象來了。昂緊張地抬起視線，在看到對方之後感到有點吃驚。

因為菲魯特帶來的人物，是位外表美麗的女性。

身材高挑，身高和昂差不多，年齡大約在二十歲前半。

眼角下垂、氣質雍容華貴的美人，白到像生病的肌膚即使在昏暗的倉庫中也格外搶眼。雖然披著黑色大衣，但因為前方敞開，緊貼在身上的黑色裝扮叫人離不開眼。雖然體型纖細，但該凸的地方都有凸，簡言之就是魔鬼身材。

而且她和昂一樣，有著在這個世界被視為罕見的黑髮。越背及腰的長髮綁成辮子，現下她正用手指玩弄髮尾。

不知從何而來的妖豔成熟大姊，對在原本的世界毫無女人緣的昴來說是個極度未知的存在，因此他的心跳無法不快拍滿點。

昴失去精神上的優勢，老實讓座。菲魯特坐在空著的座位，左邊站著手持棍棒的羅姆爺，右邊站著藏不住緊張的昴。

面對如此盛大的迎接，女子卻沒有絲毫不悅，側著頭說。

「我覺得局外人很多呢。」

「要是被賴帳我會很傷腦筋，這是我們弱者的智慧。還有，小哥是負責倒飲料的。」

無法反駁比手勢使喚自己的菲魯特，昴從架上選了比較乾淨的杯子拿出來，倒進牛奶端到兩人面前。

「謝謝。」女子朝服務生昴道謝，接著像在打量似地說：

「那邊那位老人家我知道，但這邊的小哥呢？」

她是從行為舉止和氣質，感受到昴的格格不入吧。

不是警戒而是單純的疑問。菲魯特做出壞心的表情。

「這位小哥是妳的勁敵，也是我另一位交涉對象。」

一如她的宣言，抬價開始。

6

「原來如此，事情我大致了解了。」

女子傾斜杯子喝牛奶，然後用舌頭舔去薄唇上的白色痕跡。

自稱艾爾莎的女子，一舉一動都豔麗無比，連在菲魯特說明狀況的期間，也屢次波光流轉瞥向昴，使得他心頭小鹿亂撞。

「就是這樣，這是場抬高價碼的交涉。對我來說徽章賣給誰都無所謂，反正就是賣給出最高價的人。」

「這種個性不錯，我不討厭。那麼，那邊的小哥付多少？」

聖金幣十枚，那是艾爾莎先前所承諾的金額。

能夠與之較勁的話，對方當然也會認為昴出了更高的金額。

觀望的態度沒有好處，下定決心的昴第三次發動手機的照相功能。燃燒的快門切割倉庫，將艾爾莎的身影擷取至螢幕中。

他的突然之舉令艾爾莎蹙眉，昴把手機螢幕給她看。

「我出的是這個『流星』，全世界大概就只有一個這樣的稀有道具。根據那邊的肌肉老爺爺所說，價格至少有聖金幣二十枚。」

「『流星』……」

望著螢幕中的自己，艾爾莎點頭表示了解。

昂的手段是以物易物，而且不是故弄玄虛。艾爾莎從懷裡取出一個小皮囊，裡頭八成是裝著約定好的報酬——聖金幣。

皮囊被放在桌上。金屬摩擦撞擊，帶有厚重感的聲音穿過皮囊，傳入眾人耳裡。

菲魯特的瞳孔像貓咪一樣瞇起來，羅姆爺對此出言告誡。艾爾莎白皙的手指在桌上交握。

「其實我也是受人之託。委託人要我多帶一些錢，如果受託人猶豫，金額就報高一點。」

「委託人……所以艾爾莎小姐也只是被人委託收購徽章囉？」

「就是那樣。想要東西的是委託人，莫非你是同行？」

「跟我同行的話，那就是無業遊民囉！」

「那麼，這位無業遊民小哥開了天價，妳的飼主金額上限是多少？」

在菲魯特挑釁的口吻下，艾爾莎默默地打開皮囊。

倒過來的皮囊吐出來的，是綻放耀眼銀白光輝的聖金幣。

重疊的金屬聲讓菲魯特兩眼發光，連羅姆爺的喉嚨都微微地咕嘟作響。相較之下，昂在意的不是光輝而是數量。如果數量無誤的話——

「剛好二十枚。」

「這就是我雇主交給我的所有聖金幣了。上限似乎就跟小哥開的價格相同……是不是有點麻煩啊？」

問話轉向站在菲魯特身旁的羅姆爺。

羅姆爺數過聖金幣的數量後，俯視一臉不安的昴笑著說。

「別露出那種膽小的表情，男人怎麼能那麼沒出息。二十枚聖金幣確實是超出原先的報酬，可是老朽應該說過，聖金幣二十枚只是小兒科。」

寬大厚實的手掌粗魯地抓搔昴的黑短髮。

「在老朽看來，這場交涉的優勢偏向你。雖然對不起妳和妳的雇主，但妳可以把金幣放回袋子回去了。」

厚實的手掌把聖金幣推回去，羅姆爺的話讓昴歡喜地彷彿吃下定心丸。

菲魯特高舉雙手沒有意見，艾爾莎聳聳肩，看起來並沒有很沮喪。昴忍不住擺出勝利姿勢，但那反應卻引來周圍的側目。

「幹、幹嘛啦，有什麼關係，我很高興啊！就某種意義來說，這是我頭一次達成目的，擺一下勝利姿勢又怎樣!?」

「我什麼也沒說啊。你很高興呢，我只要能大賺一筆就ＯＫ了。」

「我的雇主也沒必要把徽章留在手上，所以不需要死咬著不放。」

相對於開心到臉泛紅光的昴，菲魯特和艾爾莎的態度都很平淡。

雖然自己並沒有性格惡劣到期待交涉敗北的艾爾莎說出什麼喪氣話，但她明明沒能完成任務卻絲毫不在乎的態度實在叫人在意。

「啊，抱歉，艾爾莎小姐，可能會害妳被罵。」

「沒辦法囉，如果是我的失誤就算了，但這種情況是雇主以為只要付一點錢就能拿到才會這樣。」

「二十枚聖金幣不算少了，面子會有點掛不住呢。」

「唉呀，是我的運氣超級讚啦！這下子我的時代終於到了？」

和同情艾爾莎的男性陣營相反，菲魯特簡直不看氣氛，態度傲慢至極。

反正昴達成了來這裡的目的之一，這樣一來，報答莎緹拉恩情的希望之芽就能茁壯了。

原本應該要跟莎緹拉報告有人委託菲魯特偷徽章這件事，不過昴可沒有將他們關進拘留所的強韌精神。

機會主義，在這裡發揮到極致。

「那麼，交涉的結果很遺憾，不過我要告辭了。」

站起來的艾爾莎喝光剩下的牛奶，再次用情色的舌頭舔去牛奶漬後，她突然看向昴。

——黑色的瞳孔緊纏著昴，像是要綑綁他。

「——話說回來，你拿到那枚徽章後打算怎麼辦？」

感覺低沉、凍結情感的問話。

那聲音甜蜜地脅迫昴的耳膜，給予禁止說謊的錯覺。

「……喔，要找到原本的持有人然後歸還。」

說完，昴察覺自己很明顯地失言了。

自己居然在偷徽章的少女以及委託偷竊的人面前宣告要還給持有人。

「——什麼啊，原來是相關人士。」

昴說出的話——具備足夠的意義，讓艾爾莎冰冷的殺意付諸實行。

「嗚——!?」

旁邊突然受到撞擊。

擊中腰部的威力使身體朝一旁滑出，昴來不及防護自己就跌落地面，在痛楚與衝擊及旋轉的視野裡瞬間撞擊地面。抬起頭，菲魯特正抱著自己的腰。

「妳幹嘛啦！」

「白痴啊!?都不閃，想死嗎!?」

「妳幹嘛啦」的罵聲，被凌駕其上的怒吼給消除。

昴驚愕不已。從低處往上看的視野中，看見了面朝自己的艾爾莎。

「唉呀，被閃過了呢。」

艾爾莎歪著頭，似乎覺得很不可思議。

她的手上握著跟身形不相稱的凶器，而且散發著暗沉的光輝。

——庫克力彎刀。在昴所擁有的知識中，浮現那把凶器的名稱。刀刃長將近三十公分，刀身彎曲成く字形，所以又俗稱反曲刀，是刀劍類的一種。靠前端的重量，可以像斧頭一樣砍斷獵物，其威力和凶惡程度不難想像。

揮舞彎刀，艾爾莎露出和先前一樣的微笑。

從姿勢來看，那把刀曾揮出過一次。這麼說來，救了位在攻擊軌道上，像飛撲一樣保護昴的人就是菲魯特。

跟不上事態發展的恐懼使他手腳發抖，還湧起了嘔吐感。只是情況可不等人。

「喔喔喔喔喔喔喔——!!」

羅姆爺發出吼叫，衝向揮過凶刀的艾爾莎。

他揮動在交涉期間也沒放手的棍棒，帶著尖刺的凶器敲向艾爾莎的頭蓋骨。重量不低於十公斤的狼牙棒就像小樹枝一樣，劃破風的攻擊敲向倉庫。

地板因衝擊而發出震動，產生整棟建築物都在搖晃的錯覺。散亂的贓物在大打出手的兩人周圍彈飛，戰鬥就在癱坐的昴面前正式開打。

「我還是第一次和巨人族對幹呢。」

「嚇到了吧，小姑娘。把妳做成絞肉餵大老鼠！」

破口大罵的羅姆爺，手中的棍棒速度驚人。在那威力面前，拙劣的防禦連紙糊的盾牌都不如。在踏腳處不多的倉庫內少有能閃避的地方，光是被打到就足以致死。但是，與之對峙的艾爾莎武力也實屬異常。

搖晃單手拎著的庫克力彎刀，艾爾莎的黑影像滑行一樣繞過致死的暴風。越過這真正的生死一瞬間，艾爾莎愚弄羅姆爺。

不好！昂本能地這麼想。——有什麼在敲響決定性的警鈴。

「糟糕了……」

「別擔心，羅姆爺才不會被幹掉呢！自我懂事開始，從來沒看過羅姆爺打架輸人！」

菲魯特像要鼓舞嘴唇顫抖道出不安的昂，大聲地喊出信賴的話語。

她的話中有著日積月累、無法顛覆的信賴。兩人互相鬥嘴卻又十分親暱的關係，不用明說昂也相信他們之間的情誼。

然而，與充滿信心大喊的她不同，昂十分悲觀。但是原因為何，就連昂也不知道。

「——看招！」

在昂的不安成形之前，戰鬥產生了變化。

羅姆爺吶喊著踢飛桌子，方才作為交涉舞台的木桌裂開，碎片堵住背對牆壁的艾爾莎的視野。

棍棒灌注了渾身的力量往下揮。一旦命中不免一死，但是……

「——羅姆爺!!」

菲魯特悲痛的叫喊，撼動了贓物庫的空氣。

然後昂看到了叫喊的結果。

有個東西在旋轉的同時飛了出去。

那是羅姆爺還握著棍棒的右手臂。

從肩頭砍斷的手臂飛上空中，噴灑著鮮血撞擊牆壁。屋內降下血雨，從昴和菲魯特的頭上滴落。菲魯特放聲尖叫。

「至少要帶妳上路——！」

羅姆爺的右臂被斬斷，血液就像水從管子流出一樣泉湧。他的巨軀往前飛撲，剩下的手不是按住傷口而是朝艾爾莎抓去。

碎裂的桌子掉落地面，後方的艾爾莎擺出的姿勢是剛揮過刀的樣子。

在庫克力彎刀翻轉之前，羅姆爺的巨軀會先壓爛那窈窕的身子。

羅姆爺賭命地吶喊。

「我忘了跟你說——謝謝你招待的牛奶。」

艾爾莎另一手握住的杯子碎片閃現，阻絕了那虛幻飄渺的吶喊。

杯子銳利的尖端浮現血滴，回溯源頭是來自羅姆爺的喉嚨。失去手臂、喉嚨被切開的老人，從口中吐出大量的血沫，灰色瞳孔失去光芒，整個人倒在地面。痙攣的身體已經沒有力量，連性命也像被掠奪一樣逐漸消失。

艾爾莎朝倒地的巨軀優雅地一鞠躬，像是表達敬意。

她將最後的凶器——杯子，輕輕放在還在微微顫抖的羅姆爺腳下。

「還你，我不需要了。」

殘酷地說完，手中的庫克力彎刀開始旋轉。染成紅色的刀身前端再次朝向昴，不過癱坐的昴連話都說不出來。

只能等著被眼前的殘酷殺戮奪去意識。

數分鐘前還在交談的對象死了，不是因為意外或生病，而是因為他人明確的惡意。

「──唉呀，妳比較有勇氣呢。」

無法動彈的昴，聽到艾爾莎佩服的話語而抬起頭。

菲魯特在茫然若失的昴面前，像在鼓舞顫抖的雙腿似地拍打膝蓋，站起來的她將沾到血的金髮撥攏到後方。

「妳還真敢亂來……」

在她身後的昴看不見她的表情，但那聲音絕不是哭聲。

「多餘的反抗可能會帶來痛楚喔。」

「就算不反擊妳也打算殺了我們吧，妳這個精神異常的傢伙……」

「還能動的話，我的手可能會不受控制耶，畢竟我使刀的方式很粗魯。」

相較於靈活旋轉手中彎刀，預先演練料理俎上魚肉的艾爾莎，菲魯特雙手空空，怎麼看都沒有勝算。

我應該出聲，昴的腦子做出結論。至少要吸引艾爾莎的注意，爭取菲魯特逃跑的時間。

必須爭取到菲魯特去找幫手的時間，或是能讓菲魯特逃跑的時間。

即使意識做出這樣的結論，但昴的身體卻只是不斷發抖。

「……抱歉，牽連到你。」

菲魯特朝無法動彈的昴輕聲謝罪。

「我、我……！」

聽到這話的昴，頭像反彈一樣抬起，連本來要發出叫聲的事都忘了，只有哭訴聲像乞求原諒一樣逃出嘴巴。

然後，菲魯特就這樣永遠丟下昴的感傷，往前衝出去。

跑步聲響起，接著倉庫內狂風大作。在奔馳的菲魯特身影從昴的視線中消失的瞬間，艾爾莎扭轉身子。

高亢的聲音迴響，出現在艾爾莎身旁的菲魯特咂嘴。她的手上不知何時已經握著一柄刀子，艾爾莎以超越常人的反應勉強迴避她的奇襲。

菲魯特後退，身體如乘風飛躍。在空間有限的倉庫內，連牆壁都被她視為大地，行動完全不合常規，就連艾爾莎都忍不住為她的把戲驚艷。

「風之加持。唉呀，太棒了，妳被這個世界深深所愛呢。——真叫人嫉妒。」

恍惚的微笑驟變為黑濁的憎恨寄宿在瞳中，艾爾莎的手臂彎曲然後怒號。

「——啊。」

——在空中被砍中肩膀的菲魯特，連保護落地的自己都沒辦法，就這樣旋轉滾倒在地面。

傷口從左肩到右腋，深度到了斷骨內臟破裂的地步。

配合仰躺倒地的身體，鮮血像噴泉一樣噴出，在痛楚和斬擊的震驚中，菲魯特早就失去意識了吧。她躺在地上一動也不動。

數秒後，鮮血失去力道，無言地明示她的生命結束。

身體動不了。

好想趕到倒下的菲魯特身旁，堵住她的傷口。

如果說那樣做已經太遲的話，至少要闔上她張開的雙眼。

然而昴的手腳卻拒絕動作，什麼都辦不到只會丟人現眼地顫抖。

「老爺爺和女孩子都倒地了，就只有你都不動。是放棄了嗎？」

艾爾莎用憐憫的聲音說完，便以無趣的眼神望向昴。

她接近到只要彎刀一閃就能結束一切。是因為已經看到那樣的結果了嗎？艾爾莎的舉止毫無緊張感，還能瞥見像在壓抑呵欠的態度。

那樣的態度讓昴感受到壓抑不住的怒火。

見面相識沒多久，跟他們兩人的交流才將近一個小時。

然而，三人相聚暢談，互相分享心情，艾爾莎卻毫不留情地將他們自昴的身邊奪去，而且還絲毫沒有愧疚感，這種態度叫人無法輕饒。

還有最不能原諒的，就是眼睜睜看著兩人被應該唾棄的對象殺死的自己。

「喔，終於站起來了。太慢了，雖然無聊，但也不壞。」

遲來的憤怒化為驅動昴手腳的原動力。

顫抖的四肢撐著地面，以野獸的姿態慢慢站立起來。身體的顫抖是因為憤怒還是恐怖？還是兩者都是？——無所謂了。

咬牙切齒的昴用盡全身氣力，撲向架著庫克力彎刀的艾爾莎。

飛撲過去，用超越自己極限的腕力打倒她。昴憑藉這股氣勢發出吶喊。

「不過一點用都沒有。」

可惜這波攻擊在艾爾莎彷彿要擊碎鼻梁的肘擊下，被正面擊潰。

她旋轉身子，用最小的動作出肘，修長的腿畫出一道弧形直擊後仰的昴。昴被輕而易舉地踢向後方，劇烈撞擊放置陶器的棚架後摔倒在地。

僅僅一瞬間的攻防，鼻子和門牙就被破壞。受到腳踢直擊的側腹疼痛非比尋常，應該是有幾根骨頭斷了。

即使如此，他用拳頭敲擊地面馬上站起身來。腦內嗎啡巡迴全身，使大腦對這空前的疼痛一無所感。

放任呼吸在興奮狀態下紊亂，昴再次想也不想地進攻——但一樣遭到反擊。

亂揮的手臂沒能碰到艾爾莎，她柔軟的手臂把刀鋒轉成刀背，擊碎昴的肩膀。

似乎對哀嚎聲感到厭煩，艾爾莎由下往上踢他的下巴，強制中斷叫聲，然後俯視門牙裂開掉落魄然倒地的昴。

「根本不行啊。看起來就是個門外漢，動作大又不精準。沒有加持也就算了，連技術都不好，還以為你絞盡腦汁想出了妙招，結果也沒有。你到底是為什麼挑戰我呢？」

「吵死了……這是決心……光憑這點就能宰了妳。」

因為鼻梁斷掉，所以連罵人的話都無法好好說。

手臂在剛剛那回合中被廢了，左肩以下都無力地搖晃。雖不覺得痛，但耳鳴很嚴重。猛烈的嘔吐感從嘴角和憤怒一同流淌出來。

昴滿身瘡痍。勝算是零，能報一箭之仇的可能性連萬分之一都不到。

「我只認同你卓越出眾的骨氣。如果能早一點發揮的話，那兩個人的下場可能就不太一樣了。」

艾爾莎用拎著的彎刀，比向被她砍殺的兩具屍體。

隨著她的動作看向屍體，昴被突如其來的異樣感襲擊。

為什麼，感覺這片光景似曾相識？

化做血海的贓物庫，失去手臂的巨軀死屍，閃著暗沉光輝的赤銅色刀刃。

宛如電擊的思緒掠過昴的腦內，那是——

「讓一切結束吧，我會讓你跟天使相會的。」

舌頭舔了舔鮮紅的嘴唇，蠱惑的微笑融入黑暗。

在精湛的步法下，她彷彿沉入影子內，看丟威脅的昴連忙警戒左右。

「在、在哪裡……!?」

視線忙碌地搜尋周圍，繃緊神經尋找任何聲音或動靜。

那樣子簡直就跟只能等待被猛獸狩獵的獵物沒兩樣。

就艾爾莎來看，那醜態就足以令她失去興趣，因此她的斬擊既直接又鮮活靈動。

「什麼——!?」

斷定她瞄準自己腹部的昴，在千鈞一髮之際閃過攻擊。

往後跳一些，邊縮起身子邊收緊腹部，讓橫劈過來的刀刃只是擦過。腹部的皮膚被輕輕割開，咬緊牙根，用骨氣忍住直衝腦門的銳利痛楚。

「唔喝啊啊啊啊——!!」

然後用盡吃奶的力量使出迴旋踢，從旁邊踢向艾爾莎的上半身。

扭轉腰部的會心一擊可以報一箭之仇。昴如此確信，但是……

「唉呀，剛剛真叫人佩服。」

艾爾莎從腰際拔出第二把庫克力彎刀，將昴的身軀切裂七成左右，鮮血和內臟涓湧而出。

「——啊？」

搖搖晃晃地走了一兩步，撞到牆壁後整個身子猶如滑落般從肩膀坍塌下來。低頭看，止不住的血液從腹部溢出，鮮血沾染地面。

想用發抖的手將溢出的血推回肚子裡，但卻被湧出的血塊擋住。
「嚇到了？只要擦過就能在肚子上開個洞。就這個我最擅長。」
她來到說不出話只能吐出呻吟的昴身旁，憐愛陶醉地凝視落入黑稠血液中的腹腔內容物。
「啊啊，果然——我就覺得你的腸子顏色一定很漂亮。」
這個女的不正常，腦袋有問題。
在連腦內嗎啡都無法完全消除的劇烈痛楚下，他的意識開始模糊，不知何時昴的身體橫躺在地上。就著這個姿勢，他顫抖的手指微弱地觸碰到艾爾莎的腳。
「啊嗚……嗚啊……」
「痛嗎？難受嗎？難過嗎？悲傷嗎？想死嗎？」
任由腳踝被抓，艾爾莎蹲下來和昴交換視線。
那雙眼充滿恍惚，就連現在也不為奪去一個人的性命感到絲毫感慨。不，她是很感慨。
——幸福到無以復加的感慨。
「你會慢慢地、慢慢地失去體溫，然後慢慢地變冷。」
像戲弄、像舔弄、像哀悼、像疼惜，艾爾莎的聲音緩緩敲擊即將走向終結的昴的耳膜。
回過神來，視野已經關閉。出血量太大，身體正逐漸死去。
聽不見聲音，感覺不到味道和氣味，眼睛也看不見，只感覺到身體正逐漸變冷，只知道自己就要死了。而那令人畏懼。

在不知生命之火何時會熄滅的世界中，對死亡的恐懼襲來，籠罩住昴不肯離去。

何時會死？什麼時候會死？我還活著嗎？不是已經死了嗎？

怎樣才叫做活著？這種比蟲子還不如的狀態能叫做活著嗎？生死是什麼？死亡為什麼這麼可怕？活著是必要的嗎？還是沒必要？

好可怕好可怕好可怕好可怕好可怕好可怕好可怕好可怕好可怕。

本能地拒絕無窮無盡、蜂擁而至的絕對死亡。

死亡淹沒擁抱結束的昴，視野終於染成雪白。

——啊，我死了。

以這樣的感慨作結，菜月昴的性命輕易潰散。

第三章　『結束與開始』

1

「——小哥，不要發呆啦，你到底要不要吃凜果？」

意識醒覺的瞬間，昴的面前是紅豔豔的成熟果實。

看著形似蘋果的果實，智慧之果這個單字突然掠過昴的腦海。

食用後就會被逐出樂園的禁忌果實。

要是現在咬下去，是否就能從這不知所以然的狀況中獲得解脫？

「喂，小哥？」

中年男子皺眉，叫喚毫無反應的昴。

從不甚清楚的意識邊緣慢慢回到現實——頭像彈起一樣抬起。視線掃射周圍，感覺到心臟狂跳、呼吸急促。

下午的大馬路，地點在水果店的店門口。這裡陳列著各色各樣的蔬菜和水果，還有站在商品前面，有著搶眼白色傷疤、長相可怕的主人。

面對人聲鼎沸到令人窒息的眼熟場景，昴用力抓自己的頭。

「我已經搞不懂了……」

只說了這句話，他就被湧上來的暈眩和嘔吐感給淹沒，當場倒地。

2

水自頭頂淋下，搖搖冰涼的腦袋，昴試圖重振混亂的意識。

「————」

擔心突然在店頭倒下的昴，水果店老闆不但照顧他，還給他這個水壺。

雖然感謝他的真誠擔心和照料，但打聽不到應該在一起的莎緹拉，這份溫柔反而在昴的心裡留下深沉的傷。

坐在地上，用手揮掉順著瀏海滴下的水珠，昴咬緊顫抖的牙齒。腦海裡的浮光掠影，是刀刃的光芒以及在血腥中舞蹈的豔麗微笑。

「咿……」

喉嚨深處痙攣，抱著雙腿的昴止不住渾身的輕顫。

那樣的恐懼，那樣的絕望，都是至今過著平凡生活的昴未曾體驗過的。

不想再去思考任何事，也不想想起一切，只求縮在殼裡忘卻所有。

——刀刃反射的光芒、飛上天空的粗壯手臂、慘叫、沉入血海中的銀色頭髮。

「────」

不想憶起的記憶鮮明地復甦，令昴想直接將難以壓抑的激情從喉嚨吐出。抬頭大喊，聲音在午後的大馬路上迴響。就在這時──

「咦……？」

應該扯開的嗓音帶了疑惑之色，昴一臉痴呆地看著那個。

睜大的眼睛視野內，有身材高大肌膚像爬蟲類的蜥蜴人，有身高只到昴腰部的獸人，有一頭桃紅色頭髮的年輕舞者，還有掛著六把劍的劍士。

──穿著白色長袍，搖晃銀髮行走的少女就在那兒。

少女藍紫色的雙眼瞥過坐在地上的昴，但不帶興趣的視線立刻移開。

象徵紫水晶的堅強雙眸，只是筆直地凝視自己應走之路。

那凜然的站姿，叫人戰慄的美貌，他不斷追尋的身姿完全沒有改變。

「啊────」

昴一時發不出聲音，吐著沙啞的呼吸拖著雙腿硬是追趕那道背影。

少女穿過人潮持續前行，在不知所措、困惑又混亂的意識中追趕遠離的銀髮，昴用快哭出來的聲音呼喊。

「等、等一下……等等我……拜託，等我……」

一瞬間，對聲音產生反應的少女看向昴，視線就像在看陌生人一樣冰冷。

心頭被少女眼中的銳利和冷漠挖出一個洞。沒能遵守諾言、害她受傷，自己沒有為此謝罪，她也不可能原諒自己。即使如此昴還是追著少女。

不知道她是怎麼想的。既然如此，至少要告訴她自己是怎麼想的。

與其在想像中受傷，不如被伴隨痛苦的現實所傷。

「等一下——莎緹拉！」

叫住莎緹拉後，要跟她說什麼呢？

明確的答案在心中出現的瞬間，昴宛如憶起什麼大喊莎緹拉的名字。

那叫聲有穿過喧囂傳達給少女吧？遠去的背影停下腳步。

分開人群走近止步的少女，他伸手碰觸莎緹拉細瘦的肩膀。

「拜託不要無視我。突然不見又沒有遵守承諾是我不好，可是我也是拼死去做了。在那之後我也去了贓物庫，可是沒能見到妳……」

被碰觸肩膀的莎緹拉看著昴，面露驚訝。

面對回過頭的莎緹拉，自己一開口就滿是替自己辯解的藉口。

會意識到這點，原因在於她凝視昴的透徹眼神。

毫無感情的眼神——置身其中，可是昴卻得到了安心。因為乍看之下莎緹拉身上沒有明顯的外傷，那就是救贖。

「對不起，只說我自己的事……不過，還好妳平安無事。」

還有兩人能再像這樣相遇，這比一切都要值得欣喜。

有好多不能不跟她說的話，也有好多不得不跟她確認的事。不過，在那樣之前昴的心已經得到回報，至少足以領略這份安心──

「你……到底想怎樣？」

然而，莎緹拉卻以未曾有過的憤怒面容對待安心的昴。

白色的臉頰微微泛紅，莎緹拉輕輕扭動身體，甩開昴碰著肩膀的手。她後退一步拉開距離，仰望昴的瞳孔閃耀著強烈敵意。

比想像中還要嚴厲的反應，令昴忍不住倒吞一口氣。

但是，這也是理所當然的。就莎緹拉來看，昴根本沒資格見她。

所以不管被怎麼痛罵也是活該──

「我不知道你是誰，可是用『嫉妒魔女』的名字稱呼他人，你是想幹嘛!?」

超乎想像的破口大罵，將昴的覺悟擊成粉碎。

聽到預料之外的話，令昴有種時間停止的錯覺。

人潮帶來的聲音消逝，聽得見的就只有己身劇烈的心跳，以及肩膀起伏的銀髮美少女的呼吸。除此之外一切聲音都彷彿消失的錯覺──不對，不是錯覺。

「怎麼了？」

僵硬地旋轉脖子後，昴發現一件事。

被攤販和路人擠得水洩不通的大馬路上，所有人都在看著他們。色彩濃烈的不平靜感呼之欲出，每個人彷彿都被禁止動作一樣持續沉默。

簡直就像昴和莎緹拉的對話，支配了在場的一切。

就著嚴厲的視線，莎緹拉等待昴的答覆。但是，對這毫無印象的責難，昴根本答不上來。昴和她視作問題的重點完全不同。

「我再問你一次，你為什麼用『嫉妒魔女』的名字叫我？」

「這個，因為，這本來就……」

「……我不知道是誰跟你這麼說的，但這興趣太惡劣了，上當的你也有問題。——禁忌的象徵『嫉妒魔女』，光是說出口都會被忌憚，而你卻選了那個名字稱呼我？」

嫌惡感表露無遺的莎緹拉——銀髮少女將昴推入混亂海洋。

少女的話席捲周圍，所有的群眾都點頭應和。換言之，他們證明了少女所言是事實，而這逐漸將昴的心推向困惑。

根本不懂為什麼要被責備。

昴只是呼喊她的名字而已。

但是她卻譴責此事，而且周遭的人也都肯定她的做法。

「——沒事的話我要走了，我可不像你這麼閒。」

朝只會低頭的昴丟下彷彿切斷關係的話語後，少女揚著銀髮颯爽離去。想要呼喚她，但名字

卻凍結在喉嚨中。
再用名字叫她的話就會犯第二次過錯，可是，那要怎麼稱呼少女呢？
這份猶豫鈍化了昴的判斷。
「——啊！」
會發出微弱的抽氣聲，理由就在比昴的身高高一個頭的位置——攤販撐起的布製遮陽棚上。
跳躍。嬌小的身體在重力吸引下輕盈落地，並在著地的同時乘風加速。
疾風穿著骯髒的衣服，金色頭髮順風飄揚。以風神附身的身法穿過人群，伸長的手臂侵入繡有老鷹的長袍中。
接觸僅有瞬間，但對風來說，那樣的剎那邂逅就已足夠。
風掀起長袍，扭轉身體的少女像跳躍一樣往後退。
「怎麼會——」
銀髮少女愕然失聲，伸手探進自己的長袍內。
找不到裡頭的目標物，瞪大雙眼的少女追尋急速離去的疾風去向。
那道風的手裡握著以龍為圖騰的徽章，看到那道背影昴立刻大叫。
「菲魯特!?」
這聲呼喚使風困惑地搖晃，但是速度沒有減弱，她一口氣就從大馬路飛進窄巷裡。厲害又高明的技藝。雖然只看到一瞬間，但那道身影恐怕是——

「被偷了！是為了這個才絆住我的腳步……你也是共犯!?」

少女氣憤不已，朝呆站在原地的昴怒吼。

她的手掌立刻朝向昴，但想了一下，馬上就朝疾風消失的巷子跑去。

「喂，等等，誤會啊！我是……」

為了解開誤會，昴也追著兩人跑進巷子。

跑著跑著，心中塞滿了許多不可思議的疑問。

塞進來的情報量過多，焦頭爛額下根本處理不完。就算沒有這些，光是今天死兩次的狀況就夠讓人混亂了。

「哪個人來對我溫柔一下吧！到底是為了什麼把我召喚到異世界啊！」

朝著不講理的狀況謾罵，搖搖擺擺地衝進昏暗的巷弄內。

雖然對持久力沒自信，但短距離的爆發力是不會輸那兩名少女的。趕快追上她們解除疑惑。

他抱著這種想法奔跑，不過——

「糟糕……有牆壁！」

昴口吐不悅，因為眼前等著他的是死巷。

沒看到她們兩人。菲魯特身輕如燕，這種牆壁她輕輕鬆鬆就能越過；莎緹拉使用魔法的話，這種程度的障礙應該也不成問題。

「爬上去也是可以……但就不可能追上。」

不能在這裡浪費時間了。在本來就不清楚地理環境的王都中，要追上丟失的對象對昴來說是不可能的事。

「這邊追不上的話，還是去贓物庫？莎緹拉和菲魯特都還活著的話，那羅姆爺應該……」

一說出口，眾多的不協調感劃過昴的心頭，打亂思緒。

身體被切開的菲魯特，脖子被割裂的羅姆爺，泡在血海裡的莎緹拉。

其中最不能理解的，就是兩次都被砍破肚子的昴，為什麼現在還活著——

「不對，搞什麼，現在不是想那個的時候。快停止，別想了，現在要先——」

要搶先她們一步，趕快和羅姆爺碰面，其他想法都暫時往後延。

現在要離開死巷，以前往貧民窟為優先。於是昴轉身回頭。

「……騙人的吧，喂。」

視線的盡頭，有人影擋住巷口。

前方有三個人，渾身髒兮兮，散發著野蠻又粗暴的猙獰氣息。

今天，和視巷子為狩獵場地的小混混三人組，已經是第三次見面了。

3

「你們差不多一點！還沒學到教訓嗎？」

昴朝看膩的三顆人頭用力跺腳破口大罵。

不但是第三次相遇，而且每次都是在巷子裡三對一的狀態。第一次和第二次的打劫以徒勞無功告終，但他們還是選擇昴作為獵物，這份執著真叫人驚嘆。

「我現在沒時間也沒精神奉陪，立刻讓我通過！」

迫切的狀態奪走了昴的冷靜，儘管如此，想到既然在上一回戰鬥中把他們打到落花流水，自己的強勢威嚇應該能讓他們畏懼。

「他說讓他通過耶，這態度真叫人討厭。他根本搞不清楚可以命令人的是誰嘛。」

「三對一還輸得慘兮兮的你們，哪來的臉說大話啊？喪家犬就該滿懷歉疚遠遠地吠。」

然而，男子們不但不害怕昴還反唇相譏。他們的反應與預期相反，使昴咬住嘴唇。這就是所謂的小惡棍也有小惡棍的驕傲嗎？

不想在這花時間免得跟丟莎緹拉她們。可能演變成爭論的風險，讓昴決定要穩健解決現況。

「我懂了，我不抵抗，帶來的東西全都放這，這樣就行了吧。」

忍耐焦躁舉起雙手，顯示自己毫無敵意。

昴讓步的態度讓男子們面面相覷，接著當場齊聲大笑。

「什麼嘛，一開始就在怕的話早點這麼做不就好了，白痴。」

「笨蛋啊，不就是因為害怕才會說大話嗎？」

「有什麼關係，有聽到他剛剛說什麼都不做嗎？真是個膽小鬼。」

「哈哈哈。」用和藹的乾笑承受那些令人火大的字眼，昴在心中將這三人組分別取名為「阿頓、阿珍、阿漢」（註2），藉此偷偷消氣。

「平安無事和莎緹拉會合後，跟她借帕克來反……擊？」

為了避免刺激他們，正要把袋裡的東西全都拿出來的昴停止動作。

「啊咧？」

來到異世界後最大等級的異樣感侵襲昴。

「為什……麼？」

低語似呻吟的昴，手指碰到的是裝在塑膠袋裡頭的零嘴點心。那是他喜歡的玉米濃湯口味，在便利商店買來代替晚餐的。

他在跟羅姆爺喝酒聊天時，拿出來現寶說這是晚餐中的絕品，結果事後後悔不已。

──那個零食不只包裝，就連內在都還在，就躺在塑膠袋裡頭。

「應該沒有了呀。全都被羅姆爺吃掉，我還為此抱怨……應該早就一點都不剩了。」

為什麼會回到塑膠袋裡？而且包裝還沒有撕開的跡象。這狀況太異常了。

思考碰壁。然而在堵塞的思考中，昴找到一個可以解釋這種現象的結論。儘管他做出結論卻不任其發展，因為光想其中的可能性就覺得過於荒誕無稽，因此理性早早就否定那是不可能的。

「喂，我說你啊，在幹什麼？」

「──啊？」

突然被人在極近距離下叫喚，昴發出呆傻的聲音。

三名混混的其中一人，個子最小，被昴取名叫「阿漢」的男子，不知何時已經站在昴的身旁，還伸手搭在他肩膀上。昴扭動身子，撇開那隻手。

「滾開……」

「啊啊？」

「就各種意義來說，我都沒空去理你們，我得去確認。」

「你是在開玩笑嗎？」

昴推開阿漢想要離開巷子，但另外兩個人殺氣騰騰地擋住他的路。

「別礙事！我有非去不可的地方！」

為了否定那愚蠢至極、超脫常識的愚昧思考。

昴的怒罵聲令男子們有點畏懼。趁隙奔過巷子，跑到大馬路上就能脫離這種困境了吧。做出結論後，昴用力踩踏地面。

但是——

「——咦？」

踏出去的腳步搖晃不穩，膝蓋失去力氣跌倒。手往前撐，斥責自己竟然蠢到在這時候摔跤。

※註2：トンチンカン意指愚不可及。

「唉呀，好奇怪……」

渾身使力想要站起來，但撐在地面的手臂卻在發抖，不管怎麼用力都沒辦法抬起身子。不僅如此，連撐起上半身都辦不到。

「啊啊，動手了……」

聽到帶著焦躁感的聲音，昴轉頭看過去，然後發現——

——倒地的自己，後腰部位插著一把刀。

「咳啊……嘎啊……」

意識到的瞬間，無法忍耐的劇烈痛楚堵塞喉嚨。那是極為純粹又原始的痛苦衝動。

——我被刺了！被刺了被刺了被刺了被刺了被刺了被刺了被刺了。

帶著刀子的「阿珍」搶先一步。沒注意到阿珍早就拔出凶器，昴是在準備硬是推開他的時候被刺的。

短短幾個鐘頭就嚐到好幾次這類的劇痛。可是不管體驗幾次，未來、永遠都不可能會習慣這種痛楚。

「喂！你真的刺下去啦？」

「沒辦法啊！不然會給他逃到大馬路上，到時候就麻煩了。」

「住手啦，笨蛋！啊——這傢伙不行了，內臟被刺到的話只能等死了，喂。」

巨漢「阿頓」挪動昴的身軀，把身體翻過來，結果導致刀子刺得更深。

「——喔嗚呃！」

劇痛之外又疊加其他痛楚，臨終前的慘叫也被強制取消。

什麼也不剩，失去了呼救和怒罵的力氣。

重複沙啞紊亂的呼吸，喉嚨浸泡在上湧的鮮血中像要溺斃。手腳的感覺越來越遠，就連現在，思考一閃一滅微弱地快要中斷。

視野再度化為一片黑暗。就跟上次一樣，這次也要結束了。

——什麼這次啊。

愚蠢到應該捨棄的思考，自己卻緊抓著不放，真是可悲。

既然要抓那可悲的思考，還不如抓更實際的東西。

——死了意識就會轉移，那就在死前掌握世界吧。

眼睛死了，手腳也廢了，剩下能用的只有鼻子和耳朵。既然如此，那就將這兩者用到最後一秒。不管是怎樣的殘存氣味，管他聽到什麼怒罵聲都沒關係。巷子裡的泥臭味，湧出來的鮮血鐵鏽味，現在，鼻子也死了。耳朵的機能似乎也只剩下些許。

「……什麼……值錢……可是帶著……」

「……糕！衛兵……撿……跑！」

「……逃！完蛋了！……的話可不是開完……!!」

聽到的只有極為片段的對話。雖然有聽到，但理解那些隻字片語的大腦已經死了，所以就真的只有聽而已。不知道能不能記住這些聽到的話。記起來幹嘛？記住以後要幹嘛？要幹嘛是什麼意思？什麼意思是——

彷彿順從率先死亡的大腦，其他機能也接連斷氣，最後吐出一口像是脫離肉體的沙啞氣息後，菜月昴第三次——殞命。

4

意識清醒的時候，昴置身在黑暗中。

察覺到那是自己創造的黑暗，於是他輕輕睜開閉上的眼皮。眩目的日照燒灼瞳孔，昴小聲呻吟用手掌遮住光線。

「小哥，要買凜果嗎？」

耳熟的音色，朝昴丟了一個耳熟的問話。

耳朵很正常。大馬路上的喧囂還是一樣吵，與生命結束前的寂靜天差地遠。

就距離來看，不過就是往旁邊彎進一條馬路而已。

「連彎出那條巷子都辦不到，真是丟臉啊。」

不算回答的話令水果店老闆不高興地皺起眉頭。白色傷疤看起來在抽筋，真是凶惡的面貌。

不過，昴知道他其實是個樂於助人又會煩惱小孩的人物。

——只不過，老闆不記得那些事了吧。

昴一邊這麼想，一邊重新面向疤面老闆。

「我這張臉你看過幾次？」

「什麼幾次，你就生面孔啊。這麼顯眼的穿著和凶惡眼神，哪忘得了啊？」

「凶惡眼神是多餘的。順便問一下，今天是幾月幾號？」

「塔木茲月，十四號。看年曆的話，今年已經過了一半。」

「嘿，多謝。原來如此，塔木茲月啊。」

聽了也不懂。說起來，這個世界的曆法是怎麼記錄的呢？不可能會是太陽曆吧？

「我說小哥，要不要凜果？」

老闆耐心十足的配合沉默的昴，但單單為了一顆蘋果耗費心力，對客人施展的親切也差不多要到極限了。老闆的臉頰已經開始抽搐。

他本來就不適合笑臉，拼命擠出笑容反而可能把客人嚇跑。神給予老闆的天命極為殘酷。

面對這樣的他，昴手插腰挺起胸膛回答。

「很不好意思，我是天地無窮的窮光蛋！」

「快點給我消失！」

痛罵聲大到身體忍不住後仰，昴連忙夾著尾巴逃跑。

以兩種意義來說，暫時有一陣子都不會到這家店來了。

第四章 『第四次的正直』

1

「錢包，在。手機，在。零食和杯麵也沒問題，運動服和運動鞋都沒有破洞。還有……」

掀起運動服，他探頭往後檢查背部。

正面的腹部還有後腰部分，每個地方都沒看到傷痕，當然也沒發生刀子長在上頭的異常事態。

「呼——太好了，背後有傷的話可是劍士之恥。國中學過劍道的我，就算人生的道路脫軌了，劍士之路也不會脫軌。」

太陽高掛，柔和的風輕拂肌膚。繁榮的大馬路上行人來往交錯，剛剛又有一台蜥蜴馬車通過。

「好啦，狀況證據都這麼齊備，只能承認了。雖然有點難以置信……」

身上所受的傷全都消失，運動服上到處都找不到塵埃或血跡，手中的塑膠袋裡還有尚未開封的零嘴正等著治癒昴的肚皮。

「也就是那個囉。」

原本撫摸下巴的手伸向前，昴朝著大馬路上的行人彈響手指。

「——每次死掉就會回復到初期狀態，就是這樣啦。」

口口聲聲罵自己愚蠢至極，但還是做出這樣的結論。

2

「就命名為『死亡回歸』……以敗犬為前提的能力，實在是太符合我了。」

死後才頭一次發動能力。如果說從必敗無疑的狀態來個大逆轉是王道的話，那麼敗北後得到重新來過的機會，實在是個邪門歪道的機能。

「更認真的講……這叫做『時間回溯』吧。」

在限定條件下循環重複的現象。以遊戲來說，這跟昴本身的意志無關，會藉由死亡回復到自動存檔的紀錄點位置。

「循環重複，或者說是回到過去。漫畫小說類的作品很常有這種狀況，但我在哪看過說理論上很難實現……把世界整個重做還比較輕鬆。」

儘管結論廣泛粗淺，但仰賴標語和網路上的知識，時間回溯基本上被譽為夢中夢的夢想故事。雖說在被召喚到異世界時就已經無法用常識來解釋了。

「而且套用『死亡回歸』的話，至今的不自然現象就全都能解釋了。」

回顧來到異世界後發生的事，昴已經死了三次。

第一次是和莎緹拉一同造訪贓物庫，第二次是和羅姆爺、菲魯特一同化為艾爾莎凶刀下的犧牲品，第三次可以說是死得最沒屁用，根本就是被遊戲最初期的雜魚敵人給幹掉。

「話雖如此，半天之內就死了三次，也未免太快了。」

普通人一輩子只會死一次，所以僅僅半天死三次可說是顛覆常識。這十七年來都活得再平凡不過，但至今的十七年乘以三百六十五天再乘以三次都越過了生死格鬥而活，想來實在感慨。

「說不定活著才是最他媽的絕望。」

原本的世界和這邊的世界在生存難易度上差距太大啦。瀕臨生命危機的時候，太多阻礙堵住昴的未來了。

「就第一次和第二次的共同事項來看——第一次的兇手八成也是艾爾莎吧。」

在第一次的世界，潛伏在贓物庫黑暗處的人應該就是艾爾莎。

大塊頭的老人屍體是羅姆爺，昴和莎緹拉是在他們交涉之後才抵達。

「雖然八九不離十，不過會是因為……菲魯特那傢伙哄抬價碼太高所以才交涉決裂嗎……」

昴和莎緹拉很倒楣，闖進了艾爾莎殺人滅口的地方。

「第二次就更單純了，我只是剛好在滅口的場所。兩次都被同一個人殺害，艾爾莎那傢伙應該是遇到就確定會死亡的地雷角色吧。」

用輕鬆俏皮的語氣帶過，昴試圖淡化對艾爾莎的恐懼。

一開始就去考慮遇到艾爾莎的場所是很奇怪的事，目前遇到艾爾莎的可能性僅在「贓物庫」。

而昴前往贓物庫的理由，在於取回莎緹拉被偷的徽章。出發點和目的是「報答被莎緹拉拯救的恩情」。

可是，對於藉由「死亡回歸」回到過去的昴來說，莎緹拉對自己的恩情早已被丟在消失的第一個世界。

在第三次的世界再次相遇——碰到的莎緹拉反應之冷淡，說明了這點。

莎緹拉不認識昴，理應回報的恩情早就不在了。

既然如此，就應該忘記莎緹拉的一切，提醒自己避開那個威脅。

雖然不知道為什麼會準備「死亡回歸」這種能力，但至少得到了了解未來之事的技能。可以躲避的地雷就閃掉再通過，那才是正確的做法。

「既然如此，那就快點行動。很幸運的，現在知道手機可以換錢，賣掉它充作軍費資金，用現代知識過著幸福美滿的生活。夢想正在擴展呢，對吧大叔？」

「才想說你從剛剛就在唸唸有詞，沒想到突然就講這個。就算你問我我也不知道啊。」

昴向身旁的攤販徵求同意，對方一臉困惑地回答。

冷淡的反應稍微傷了昴純潔的心。偶遇的人們的態度，不管在哪個世界都沒什麼差別。

「不過呢，也是有就算自己在緊要關頭還出手助人的濫好人呢。」

重要的東西被偷，又是在追趕小偷的途中。

救了跟自己不相干又沒用的人，還花時間替他治療，甚至不收謝禮就打算離去。

還配合沒用之人的自我滿足，最後下場慘不忍睹的濫好人。

「重複死了三次，了解到很多事。不，要是這樣還不了解的話，這顆腦袋就太可憐了。不過我的腦袋沒那麼可憐，只有一點點可憐。」

「這次又在講什麼了？」

「八成有個模式。其中的必然——不管重來幾次都一定會發生的事件，這其中具有強大的強制力。例如……」

從第一次到第三次，莎緹拉的徽章都會被菲魯特偷走。

然後在贓物庫，第一次和第二次都會發生艾爾莎殘殺事件。就算是第三次的世界，昴即使死得和他們無關，但同樣的慘劇一定還是會發生。

「不知道能不能戰勝艾爾莎。真的不知道。不過，還是有知道的事。」

要是這一次——第四次放著不管，菲魯特和羅姆爺毫無疑問會被殺。莎緹拉也無法避免要與艾爾莎一戰。

那兩人死了又怎麼樣，一個是在見不得光的地方販售贓物的惡棍，一個是厚顏無恥只想用高價賣出贓物的頑固女孩。

兩個都是罪犯，不在了不是更清爽痛快嗎？可是——

「啊——我果然是現代小孩啦。這種心情，是會被坐在電腦前的鄉民當成白痴的。」

應該要表現出同情或慈悲這種無聊愚蠢的感受。

至少，昴不想假裝自己很清高。他深信自己是情感淡薄的人，不管陷入怎樣的事態，都可以無動於衷地平淡接受。也一直以為不管認識的人死了多少，都沒什麼大不了的。

「可是，我討厭那樣，心情上很厭惡。那兩個人與善人差得遠了，可是——知道曾經認識的人要被殺掉卻放著不管，我辦不到。」

結果，就只能順從感覺走。

一切都是虛擬感覺造就的。實際上若伴隨著真實的重量，就膚淺到足以輕易更換目的。

「而且我果然……沒辦法丟下莎緹拉不管。」

呼喚著她的名字，昴心想這是她的假名吧。

回想起來，在第一次的世界裡，她不太希望昴用那個名字叫她。加上在第三次世界中的應對，即使討厭也有深切的感悟。

主要在於信賴度不夠吧。因為好感度不夠，所以在能否獲得名字的事件中，被判定失敗不能獲得真名。

「既然如此，下次——一定要加油，讓她告訴我真名。」

伸個懶腰，昴讓體內的骨頭喀喀作響重新振作。他的奇異行徑讓攤販老闆一臉驚訝。昴朝他揚手說道：

「男人有不得不去做的時候，是吧，大叔？」

「對啦對啦對啦，就是那樣，所以你快點走啦。」

刻意用帥氣的表情說出經典台詞，卻得到這麼差的反應，臉頰差點就抽筋了。

被敷衍的手勢催趕，昴連忙離開那裡。撥開人群走了大約兩百公尺後，他停下腳步。

「接下來……」

昴刻意將短短的瀏海往上撥，做出毫無意義的爽朗模樣。他的視線朝左右看去，再以自然的動作用手撐著牆壁讓身體傾斜。

「要上哪去才能遇到假莎緹拉呢？」

在前景十分叫人不安的發言下，昴魯莽地開始行動。

3

仔細想想，和假莎緹拉的接觸大多是仰賴偶然。

第一次和第三次雖然都是在街上遇到假莎緹拉，但共通點就只有離這條大馬路不遠而已。要是能知道菲魯特行竊事件的時間點就好了——

「那個時候，我在水果店旁邊陷入多久的憂鬱模式啊？」

感覺像是幾分鐘，又好像躊躇猶豫了將近一個小時。

「就抓個時間繞一繞，交給命運安排囉。期待我和她之間的紅線，我拉拉拉～」

在腦袋面前豎起兩隻小指頭這麼說的昴，被周圍的人用異樣的眼光看待。他就這樣繼續搜索，接著發現眼熟的景色。

「莫非我的命運意外的沒有捨棄我!?」

自戀的同時突然察覺——自己不知何時偏離了大馬路，走進巷弄內。

「這裡就是我一開始遇到假莎緹拉的地方嗎……」

感覺很像，不過沒什麼自信。就算是同一條巷子，她有可能再衝進來嗎？

「這跟我第三次被殺害的死巷是完全不同的地方……」

就算假莎緹拉被菲魯特盜取徽章的事件確定會發生，但菲魯特的逃跑路線卻是視狀況而定。第一次和第二次可能是同個巷子，但第三次卻因為昴的干涉，命運有了微妙的落差。

想到這，昴察覺到自己的思慮淺薄。

進入眼熟的巷弄內，有可能遇到假莎緹拉或菲魯特。可是就某種意義來說，也意味著與其他人的再會。也就是……

「夠了喲，你們的臉我已經看膩了。阿頓、阿珍、阿漢。」

無精打采轉身的昴，面前站著三名每次都堵住巷子口的人。

氣質、服裝、長相全都如出一轍，目的一樣裝備也一樣，一點進步都沒有。雖然在同個關卡觸發相同事件是很理所當然的。

「害我都見不到假莎緹拉和菲魯特了。」

見不到她們，是因為她們的行動大受昂以外的隨機要素影響吧。相反的，昂每次都會遇到阿頓阿珍阿漢，是因為這三人打從一開始就鎖定昂為恐嚇對象。

所以每次不管進入哪一條巷弄，與他們相遇的事件都不可避免。

「在完全叫人不心動的推測成立之下，你們是想幹嘛啦？」

「那傢伙，從剛剛就在碎碎念什麼啊。」

「還搞不清楚狀況吧，要不要我們告訴他啊？」

阿頓和阿珍的對話也都是照著既定劇本唸，讓昂的心情更加消沉。不過雖然厭倦，卻不可小覷。

與頓珍漢三人組的相遇事件關卡，其完成條件是很寬鬆沒錯，但並非百分之百可以突破。事實上，第三次的死因就是因為他們。

然後，昂的意識突然專注於在第三次世界中的瀕死記憶。

在那個即將死亡的狀況下，即使只有聲音，昂依舊拼命獲取情報。

回想當時這三人最後的說話內容。他們在怕什麼？當時說出口的單字，現在應該可以理解。記得是那個——

「衛兵先生——!!」

毫無預備動作就拉開嗓子求救，混混三人組被這突如其來的妙招嚇到跳起來。

擊碎巷弄裡的寂靜，音量大到毫無疑問可以劃開大馬路上的喧囂。練劍道練到習慣宏亮吶喊的粗神經，早已消除了對大聲叫喊一事該有的羞恥心。

而且對自覺人生處在敗犬等級的昴來說，就算放聲呼救也絲毫不損自尊。

「來人——叫男人來啊———!!」

「你這混帳……開什麼玩笑!?一般人會在這種時候突然大喊嗎!?」

「從狀況來看，不聽我們的話會討皮肉痛吧！一般來說，哪有人會沒有開場白就直接呼救啊！」

「啥啊!?這在任何一個世界都很正常吧？還是說我這樣大喊會讓你們很困擾？好耶———」

「夠了，給我閉嘴！不准再鬧了！」

「不要，我聽不見——誠意不夠所以我聽不見！警察喔——保安喔———!!」

昴故意喊得更大聲玩弄頓珍漢三人組，同時內心卻直冒冷汗。

在第三次世界結束，意識終結之際，他們三人有說到「衛兵」和「快逃」。亦即，這個世界也有類似警察機構的存在。

大聲呼救就是根據這點而產生的，雖然對個人來說是個非常沒出息的作戰方式。

然而很遺憾的，看不到有來自大馬路、洋溢人情味的反應。

「果然失敗了……」

「竟敢嚇人……雖然只有一點，但害我們剉到了。」

「只有一點點喔！」

「真的真的只有一點點喔！」

三人的話配合得剛剛好，小人物頓珍漢拼命否定自己的小人物樣貌。

為了取回剛剛被昴主導的步調，他們先看了彼此一眼，點頭後各自拿取武器。分別是刀子、生鏽的柴刀，還有……

「只有你是空手？沒有錢買武器嗎？」

「吵死了！沒有武器在手才能顯示我的強悍！我要揍死你這個雜碎！」

回想之前漂亮的仰背摔，就連自己都忍不住陶醉。相反的，狀況惡劣到內心連連大呼太糟糕了。突破關卡的難度變得更加嚴峻。

「饒了我吧……我怕痛啊。」

死了三次才知道，死亡是不管來上幾次都無法習慣的事物。

更何況昴的死因全都是因為刀子。銳利的痛楚不論何時品嚐都很新鮮，生命在像是刮削神經的感覺下結束，永遠都極具衝擊性。

對那樣的死法他可是敬謝不敏，更何況——

「至今都以『死亡回歸』死而復生，但這次可不一定……」

為什麼會認為「死亡回歸」的能力沒有次數限制呢？

身上沒有刻印數字的跡象，不過俗話說事不過三。如果這個狀況是佛祖慈悲的贈與，那昴的接關次數已經就此打住。

「死了的話，我的異世界生活也就此完結……就算負傷，逃跑才是正確答案啊。」

足以信賴和立有戰功的刀子，殺傷力理所當然的高。柴刀意外地鏽得很嚴重，用塑膠袋當盾牌似乎可以弱化為撞擊。然後徒手幹架安全得可以跳過。

看著步步逼近的阿頓阿珍阿漢，昴立刻打定主意。

只警戒阿珍。接著腦內開始讀秒，三……二……

「——到此為止。」

聲音突如其來，卻很明確地剖開巷弄內的飢渴緊迫感。

凜然的聲音沒有一絲猶豫也毫不留情。聽到這幾個字，只會感受到壓倒性的存在，並喚醒乖乖照做的天性。

昴抬起頭，阿頓阿珍阿漢回過頭——巷口站著一名青年。

首先最搶眼的，就是他一頭宛如熾烈燃燒的火紅色頭髮。

下方是除了勇猛以外無可比擬的閃耀藍眸。端正到異常的五官也以那凜然的姿態作為後盾，光是一瞥就知道他是個了不起的人物。

纖細修長的身材，包裹著剪裁合身的黑色服裝，腰部掛著簡單裝飾——只不過掛著的是一把釋放不尋常威壓的騎士劍。

「不管有什麼事，我都不允許你們對他做更粗暴的行徑。到此為止。」

青年邊說邊悠哉地穿過頓珍漢三人組，介入他們與昴之間。如此堂堂正正的態度令昴無法言語，不過另外三人的反應卻大不相同。

他們臉色蒼白嘴唇顫抖，指著青年說：

「燃、燃燒的紅髮和藍色的瞳孔……還有刀鞘刻著龍爪的騎士劍。該不會……」

用不敢置信的眼神盯著青年，他們齊聲說道：

「萊因哈魯特……是『劍聖』萊因哈魯特!?」

「看樣子似乎不需要自我介紹了。不過……第二個名字對我來說還太沉重了。」

稱為萊因哈魯特的青年自嘲低喃，不過眼神毫無鬆懈。

被視線射穿的頓珍漢三人組，在他的氣魄下朝後退了一步，然後面面相覷像在估量逃跑的時機。

「要逃跑的話我會放過你們，你們可以直接回大馬路去。如果想要使出更強硬的手段，就讓我來當你們的對手吧。」

手放在懸於腰際的劍柄，萊因哈魯特用下巴比了一下，示意站在後方的昴。

「這樣的話就是三對二，人數對你們有利。雖然不清楚我的微薄之力能幫他多少，不過我會以騎士的身分力抗各位。」

「開、開什麼玩笑!?划不來啊！」

萊因哈魯特的宣示讓混混三人組慌了手腳，甚至忘記藏起武器就朝大馬路四散逃逸。在第一次的世界撤退時至少還有撂狠話，但這次卻連屁都不敢放一個。從這點就能看出眼前青年的身分非比尋常。

「彼此都沒事真是太好了，你沒受傷吧？」

估算那三人完全消失後，青年微笑回頭詢問。

頓時，席捲巷弄的壓迫感消失。體會到那也是青年刻意營造的氛圍，昴已經語塞。

而且最叫人在意的……

「做出那麼厲害的事還如此爽朗……根本就不是人類了吧。」

他的外貌、聲音、姿態、行動，全都水準高到超越人的純度，而且還具備良好的性格與家世，若他背地裡沒有幹什麼勾當的話，這個角色設定根本就失去了平衡。

如此赤裸裸表露的嫉妒心就且暫放一旁，昴當場臣服對方。

「此次承蒙大人救了小的一命，實在不勝感激。草民菜月昴，打從心底欽佩大人內心的清廉……」

「不用講得那麼死板。對方是三對二，我也無法確保優勢。如果我只有一個人的話，就不可能是這樣了。」

「不，看他們那樣子，別說是三對一，就算是十對一，不，就算是百對一他們也會逃之夭夭……這個爽朗指數是怎樣？你是真的身心靈都是聖人嗎？閃亮到我的眼睛都快爛掉啦！」

其實，兩人造型的美感差距太大，令人不想站在他身旁。

昴重新觀察萊因哈魯特，但越看越覺得他是被神選中的美男子。只是看他這樣子，實在不像是衛兵。

「那個——萊因哈魯特先生，這樣稱呼可以嗎？」

「不用加敬稱沒關係的，昴。」

「距離感拉近了呢。那個，重新再跟你道謝一次，萊因哈魯特。聽到我的叫喊還跑來的人就只有你，真是寂寞啊。」

明明馬路上有那麼多人，聽到聲音的不可能只有萊因哈魯特。面對感嘆人心冷漠的昴，萊因哈魯特稍稍低垂眼簾。

「雖然不想這麼說，但這也是無可奈何的。對大多數人來說，跟那種人為敵風險很大。關於這一點，你呼喚衛兵的判斷很正確。」

「聽你這樣說，莫非你是衛兵？我是完全看不出來啦。」

「我常被這樣講。因為今天不是我輪班所以沒穿制服，當然我也有自覺自己的外表不夠粗壯。」

萊因哈魯特苦笑著攤手，昴在內心反駁。

他看起來不像衛兵的最大要素，在於他的氣質和那種血汗基層人員天差地遠。

「這麼說來，他們剛剛有叫你『劍聖』……」

「我的家世有點特殊，每天都過著快被期待壓垮的日子。」

他聳肩說道，看起來一派輕鬆。看來他也是個幽默的人。

毫無疑問，他的身心都是完美的超人。昴跳過對神大嘆不公平的階段，直接欽佩。

「你的髮色和服裝很少見，名字也是……昴你是從哪來的？是基於什麼理由來到王都露格尼卡？」

萊因哈魯特俯視昴的穿著打扮後提出疑問。面對來歷可疑的對象，衛兵當然會有這種反應。

「你問我從哪來，這我很難回答。既然東方小國的答案不能用……那就更往東……對，我是從沒人見過的世界盡頭來的。」

露出亮白的牙齒胡說八道。昴也知道這種回答很亂來，所以有自我反省，但萊因哈魯特卻揚眉驚訝地說：

「露格尼卡再往東……從大瀑布對面過來的？你是開玩笑吧？」

「大瀑布？」

沒聽過的地名令昴歪頭思索。

大瀑布，指的是很壯闊的瀑布嗎？對這一帶的地理情報不是不熟悉，而是根本不知情的昴完全跟不上對方的猜想。對昴來說，這個世界的地理情報，就只有大馬路和這條巷子，以及貧民窟和贓物庫。

「似乎不是在唬弄人，那就這樣吧。總而言之，你不是王都的人，是為了什麼理由來這裡呢？現在的露格尼卡比平時還要不安定，不嫌棄的話我可以幫忙。」

「不了不了，你今天放假吧？我沒有什麼要麻煩你銷假幫忙的。剛剛那樣就很夠了……不過，我有點事想順便問一下。」

搖頭拒絕萊因哈魯特的好意後，昴突然想起什麼而豎起食指。

「儘管問。不過我對世態人情很生疏，也不知道能否答得上來。」

「放心，我想問的跟尋人有關。想打聽一下，你在這附近有沒有看到穿著白色長袍的銀髮女子？」

假莎緹拉的外表打扮十分搶眼，其中又以頭髮顏色和繡有老鷹的長袍組合最為吸睛。若是有那樣的人走在王都，街上的衛兵萊因哈魯特也有可能會注意到。

「白色長袍，銀髮……」

「附帶一提，還是個超級美少女。還有貓……應該是不會刻意拿來炫耀。雖然情報裡頭是有貓的存在。」

若是帶著貓型精靈，那毫無疑問就是她本人，但平常的時候帕克應該都躲在銀髮裡頭玩，所以不敢期望過高。

「……找到那女子，你打算做什麼？」

「她掉了東西，現在應該是在找東西吧？我只是想把東西還給她。」

雖說如此，但其實那東西還沒到昴的手中，搞不好少女尚未遺失也說不定。

聽到昴的回答，萊因哈魯特瞇起藍色瞳孔，沉默思考半晌後回答。

「沒有耶，不好意思。我沒什麼頭緒，不然我幫你找吧？」

「不用這麼麻煩，沒事的，之後我自己找就行了。」

朝著說要幫忙的萊因哈魯特舉起手，昴決定先回大馬路上再說。順利的話，說不定可以像第三次的世界那樣在馬路上看到。

如果遇上準備下手的時間點，那就抓住菲魯特阻止她偷竊徽章就行了。考慮到之後的事，這方面最好眼明手快俐落一點，所以得趕快回到馬路上。

「問題在於菲魯特動作那麼快，要怎樣才能抓到她。最糟糕的情況，就是帶衛兵到贓物庫逮捕，這樣比較實際可是……」

「贓物庫？」

「啊，沒事，什麼也沒有。忘了吧，那只是年紀大的老爺爺的祕密基地名字。」

萊因哈魯特對單字產生反應，昴適當地唬弄過去，同時排除剛剛想到的點子。說起來，要對付艾爾莎，就算帶著衛兵也很可能只是徒增被害者，畢竟那個殺人犯的技術早已超越人類的領域。

「就算這個世界的衛兵都集合起來，也成不了超人……不管怎樣，先去大馬路確認吧。」

「你要走了？」

「嗯，對啊，謝謝你的幫忙。這份恩情總有一天會回報你……去衛兵值班室就能遇見你嗎？」

「是的，我想只要說出我的名字就行。只要你有需要，不論何時何事我都很樂意幫忙。我很期待下次與你相見。」

「我有做過提升好感度的事嗎？還是說過？……算了，要是活不下去快要淪落街頭的話，我就去打劫別人好了。」

開玩笑地說完，昴對他舉手道別。萊因哈魯特最後爽朗地說「路上小心，」然後目送他離去。

他的關心推了昴一把，昴就在毫無損傷的狀況下離開了巷子。

——完全沒發現藍色雙眸打量似地凝望他的背影。

4

平安無事回到大馬路上的昴，立刻全神貫注尋找假莎緹拉。

話雖如此，他能做的也只有瞪大眼睛注視人潮。憑藉第三次世界的記憶，找到人的最佳位置就在熟悉的水果店附近。

進入視野的疤面老闆表情有點可怕。

「這次的邂逅雖然有點糟……不過我知道的，你其實是心地善良的人！」

豎起大拇指，用笑臉面對老闆凶惡的面容，結果老闆用一副「看到討厭東西」的表情別過視線。心情沒來由地感到寂寞，縮回大拇指，昂重新看向馬路。大馬路上還是一樣人種、人數多到快擠爆的程度。

開始觀察後過了十分鐘之久，但卻沒看到假莎緹拉。自來到第四個世界已經過了將近一小時。

「雖然不太能信任自己的時間感，但再不發生偷竊事件就很奇怪了……」

才說完，討厭的預感忽然掠過腦海。

「喂，大叔。」

「幹嘛，窮光蛋。」

面對再度正面相對的昂，水果店老闆毫不掩飾厭惡地說。

「窮光蛋是事實所以我不否認……大叔，我想問一下，方才這一帶是不是有人東西被偷而引發騷動？」

「什麼都不買就發問，你膽子很大嘛。」

「別這麼說，畢竟先前我才……啊！」

說到一半，昂想起老闆的好感度為何這麼低。一開始帶假莎緹拉到這間水果店觸發的「偶然重逢」完成條件——幫助老闆女兒這件事還沒有達成。

「糟糕，我竟然蠢到這種地步。該不會得先去找人吧？」

「在那邊碎碎念什麼……啊啊，真可惡。我說，那種偷竊騷動根本就不稀奇。」

「我很高興你回答我，那是真的假的!?」

確實，贓物庫裡頭來自王都各地的失竊贓物多到快要把倉庫淹沒了。既然遭竊的數量這麼多，這條街道的治安等級可想而知。

「這下子路線全斷了？」

「不過方才的騷動蠻罕見的，有人在路上放了兩三發魔法，你看。」

探出身子的老闆，指向往左數來第四個攤位的方向。一看過去，發現攤販旁邊的巷子牆壁被打了好幾個洞。

「喔喔，好厲害。」

「那是冰柱像箭矢一樣戳進去留下的痕跡，不過冰柱本身馬上就消失了。」

四個洞就跟五百圓日幣差不多大。但威力強到足以在石砌的牆壁上留下洞，要是命中人體……一想到這背脊就發涼。

「跟第一次看到時不一樣呢……這次假莎緹拉的心情很糟啊。」

要是接觸的方式不對，吃下那一招的人可能就是昴自己。他感覺額頭正浮現冷汗。

「不過都這樣的話，這次的相遇也太遲了。」

既然已經發生偷竊事件，那麼昴要想主動和假莎緹拉會合就很難了。所以，現在優先要做的是……

「先和持有徽章的菲魯特會合。可以的話，最好在她進入贓物庫前抓到她，用手機和她交換徽章。」

不想接近進去兩次都被殘殺的贓物庫，這才是真心話。

「太慢過去也只是重複第一個世界的發展。話雖如此，要是和羅姆爺會合等待菲魯特，就會完全走向第二個世界的下場……」

關鍵果然就在菲魯特的所在之處。

現在，菲魯特應該在王都內到處亂竄，好逃離假莎緹拉吧。希望最後能在菲魯特抵達贓物庫前與她接觸。

「或者利用『死亡回歸』，這次就先到處調查放著這件事不管呢？」

這也是很有效的手段，但昴立刻搖頭駁回。

雖說這是建立在死三次的經驗上所達成的結論，但每一次的死亡都十分痛苦，根本就不想再品嚐第二次。

還要補充的話，就是不明白發動「死亡回歸」的細節，這點令人感到不安。徹底當個局外人觀察事態發展，結果死後卻發現「死亡回歸」的發動次數早已歸零，那可就不好笑了。

「結果，只能在活著的期間盡可能掙扎。雖然這也是理所當然啦。」

做出結論，昴扭身轉腰做起熱身操。在店門前做收音機體操似乎讓老闆很傷腦筋，昴邊開玩笑邊揚手。

「謝謝你，大叔。雖然我不知道你為何突然幫我。」

「沒什麼大不了的。就在剛剛不久，有個跟你一樣的窮光蛋幫了我女兒。」

老闆的答覆令昴震驚，然後忍不住噗嗤笑出來。這就是命運的強制力。老闆的愛女不管遇到多麻煩的事，就是會有人幫她。光是知道這點，來這裡就有了價值。

「讚耶！這次我真的走了，下次一定要讓我買凜果喔。」

「喔，有買的話你就是客人，我會很歡迎的。快去工作吧，窮光蛋。」

「好啦好啦，就祈禱我下次真的會帶錢囉。」

在敷衍的目送下，昴拔腿狂奔。

目的地是貧民窟——只不過要走和贓物庫不同的方位。就如方才的考察，前往贓物庫就會走入BAD　ENDING。既然如此，就從其他路線攻略看看吧。

5

「菲魯特那傢伙的家？從這條路往裡頭再走兩條巷子。」

「謝謝你，幫了我大忙，兄弟。」

「別放在心上，兄弟。那個——你可要堅強地活下去喲。」

中年男子苦笑，消失在破爛的門後。他那痙攣笑容裡頭的同情色彩始終沒有消失，昴為自己的作戰計畫成功輕輕握拳。

「從第一次和第二次貧民窟經驗推斷出來的策略……效果真是顯著。」

他邊說邊拍打用乾掉的泥巴弄髒的運動服袖子。

抵達貧民窟後，為了堵住菲魯特的去路，昴想出的妙策就是扮演窮困潦倒的樣子。

在第一次的世界，和假莎緹拉在貧民窟亂轉的時候，居民對被頓珍漢三人組毆打，導致服裝骯髒破爛的昴採取了同情幫助的態度。

然而第二次在沒受傷的狀態下，大家的反應都是冷淡無情，兩者的差別猶如天地。回想到這點，這次就試著讓外表多少看起來骯髒一些。

「嗯，不知道踩到什麼動物的大便了。接下來，這下子應該是掌握到她的巢穴，或者說是她家的位置了……不過問題是菲魯特會回來嗎？」

所幸從四位居民口中問出的菲魯特家地點一致，不過菲魯特逃回家裡躲藏的機會只有一半，她有可能因為擔心被追蹤而不回家。

「想這麼多也沒用，沒有解答的事就別煩了，出發吧。」

船到橋頭自然直，昴的決斷力又在此時發光。

拍掉硬掉的泥巴，昴小跑步奔向貧民窟深處。在一如往常的昏暗小巷，他跳過來路不明的水窪。當他這麼做的時候，差點撞上從對面走過來的人影。

「嗚呃！」昴連忙閃身，他的背部撞到牆壁，讓他痛得忍不住屏住氣息。

「唉呀，對不起，你沒事吧？」

「沒事沒事，別看我這樣，強壯可是我的優點——喔!?」

抬起頭準備逞強，但在看到對方是誰後，昴的語尾卻洩了氣。聽到昴的高亢嗓音，黑髮女性輕聲笑道：

「有趣的孩子，你這樣真的沒事嗎？」

把垂在耳邊的頭髮往上撥。只是一個簡單的動作就充滿了豔麗，還是一樣舉手投足都亂情色一把。昴在內心這麼想著。

絕不想再碰到的對象。

兩次都把昴開腸剖肚的人——艾爾莎就在眼前。

「——你不用那麼害怕，我又沒對你做什麼。」

「害怕……我沒在害怕呀，妳有什麼根據說我害怕……」

「氣味……」

無視昴的虛張聲勢，艾爾莎嫣然地瞇起雙眸。

氣味？昴歪頭思索，她則是微微抽動筆挺的鼻子。

「恐懼的時候，人類會散發出害怕的氣味。你現在正在害怕……而且還有憤怒。都是針對我。」

艾爾莎快樂地揭露對方的內心，抬眼仰望昴。昴用沉默的親切笑容回應，同時深呼吸平息宛如警鐘狂響的心臟。

面對昴的沉默，艾爾莎的瞳孔像蛇一樣瞇得更細。儘管被那視線盯得不敢動彈，但也不肯懦弱地別過眼神。

看到昴這樣硬撐，她用舌頭濕潤嘴唇。

「……有點在意，不過算了。現在可不能引起騷動。」

「真、真是不恰當的發言。讓人太害怕的話，不就糟蹋了妳的美色嗎？」

「唉呀，真高明，要是藏起敵意的話就更棒了。」

伸出的手指輕輕點了昴的額頭，光是這樣就讓僵硬的身體獲得解放。

看到昴肩膀上下起伏地喘氣，艾爾莎用碰他的手指抵住嘴唇。

「那我先告辭了，總覺得還會再見到你。」

「下次若是在明亮人多的地方，我也能放鬆應對囉。」

這些諷刺話是好不容易才擠出來的。

艾爾莎留下惱人的微笑，翻轉黑色大衣融入小巷的黑暗中。跟字面所述一樣，她消失了。目送艾爾莎離去，昴疲憊地靠著牆壁。

「沒想……沒想到會再碰面。到贓物庫之前，她是在這一帶徘徊嗎……」

與最終大魔頭艾爾莎不期而遇，讓他的心臟差點折損。

就心理準備這層意義，她給予的衝擊超越假莎緹拉。昴祈禱，可能的話拜託這次是最後一次遇到艾爾莎。

「菲魯特的家就在前頭……該不會……也不是沒有艾爾莎已經大鬧一場的可能……」

沉浸在把人開膛剖腹快感中的變態。

在約定的時間到來前，她就算砍兩、三個人殺時間也不奇怪。更何況地點還是在貧民窟深處，討厭的想像立刻在腦中成形。

「應、應該沒事的，又沒聞到血腥味也沒看到血跡……」

腥味和腐臭味讓人辨認不出血腥味，自己又沒從容到能在昏暗之中辨識出血跡……一定沒有，昴試圖這麼想。

遇到艾爾莎之後過了五分鐘，他抵達一間骯髒破爛的小屋。

「根據情報應該是這個……但這是人住的嗎？」

站在以為是門的木板前，昴不禁歪頭。

面前破屋的寬度，大概只有工地現場的兩間臨時廁所這麼大，感覺就像諺語「人站著只佔半張榻榻米，睡著也不過佔一張榻榻米」的感覺。

「這個就是她的家嗎？會不會是搞錯了……」

不管怎麼樣，一想到那樣的小女孩住在這種地方就覺得可憐。難怪她會唯利是圖以掙錢為志向，原諒的念頭油然而生。

「住在這種地方，得把瘦小的身軀縮得更小才能生活。這樣看來，她的個性會扭曲成這樣也是沒辦法的。啊啊，真可憐，好可憐啊。」

「說過頭了吧，真叫人不爽。看著人家的窩是想怎樣啦，小哥。」

進入同情模式的時候，身後傳來的呼喚讓他回過頭。

視線前方是正瞪著自己的金髮小個子少女——菲魯特。

穿著姿勢都和先前如出一轍，只不過平常就挺骯髒的衣服看起來更骯髒了，是因為這次的逃跑戲碼極為激烈吧。

「為什麼你的表情越來越同情的樣子，是瞧不起骯髒的小姑娘嗎？」

「這是別的感傷……總之，能見到妳真的太好了。」

面對毫不隱藏不快的少女，昴忍不住安心地放下心中大石。

與菲魯特再會真的讓人十分開心。本來想說艾爾莎就在附近不曉得會變得怎樣，但還好菲魯特安全無恙，可說是個吉兆。

聽到昴的話，她不客氣地用鼻子噴氣。

「搞什麼，是客人啊。來這裡找我有事？從穿著看來你好像不是這裡的居民呢。」

「喔，沒把我當同類對待，代表妳有看人的眼光。」

「這裡的居民衣服都比你乾淨。怎麼會髒成這樣，太刻意了吧？老實說現在的你，比我們幹這一行的還要骯髒，比我還誇張。」

這小姑娘還是一樣嘴巴不饒人呢，真想叫她快點把方才的同情還來。

「所以你有啥事？如果是偷竊委託要付訂金，根據偷竊內容的品質還會追加金額。」

「偷竊委託……很貪婪的買賣啊，妳對自己的偷竊癖很自豪嗎？」

「這是生存手段的問題。不這樣的話，就只能賣身體了。是說，你到底要幹嘛？還是有其他事？看狀況……」

手指微微一動，菲魯特增加手頭的靈巧度。

手掌上突然像魔法一樣出現一把小刀。這是在警告昴，看狀況她會用這個自我防衛。

其實，要是和菲魯特打起來，在迅捷和刀子的組合技下昴根本就沒有勝算，不過他完全不打算要跟她打。

昴豎起食指，朝警戒的她咋舌。

「呿呿呿，我找妳只有一件事——我想買下妳偷的徽章。」

6

事情發展到這地步，還繞多餘的圈子只會讓印象惡劣。昴如此判斷。

再加上艾爾莎在附近徘徊，所以希望能夠立刻開始協商。

但是，菲魯特按住收藏徽章的胸口說：

「你為什麼會知道我偷了徽章？除了委託人以外，我應該沒洩漏風聲才對。偷到徽章也是剛剛的事，就算是偶然聽到，你的耳朵也太靈了吧？」

「被妳這麼一說……我也這麼覺得喲，本人可沒那麼漫不經心喔？」

「……扯謊也講好聽一點，小哥。明顯得叫人出乎意料。」

看到不慎失言抱著頭的昴，菲魯特一臉洩氣。

「所以？你說要買徽章是怎麼回事？你跟原本委託我偷徽章的大姊是不同勢力的吧？是商業敵人還是什麼？」

「該說是商業敵人還是弒親仇人呢？不如說就像我的仇家？」

「聽不懂啦。算了，那種事怎樣都沒差。」

相較於煩惱該怎麼解釋的昴，菲魯特根本毫不在乎。她從懷中取出以龍為圖樣的徽章，慢慢晃動像在對昴炫耀。

「我只把這個賣給出價最高的人。雖然有可能因為違反委託而惹火另一位大姊。」

「那個精明的人也有可能不會善罷干休喔。沒事，我只是隨口說說。」

昴咳嗽一下，換上認真的表情。

「那，要不要跟我交涉看看啊？」

「只要有可能大賺一筆我什麼都聽，很正常吧？」

「興致勃勃呢……我這邊準備了價值超過二十枚聖金幣的貨色，就用那個跟妳買徽章。」

菲魯特的耳朵動了一下，紅色瞳孔像貓咪一樣瞇得細細的。雖然她試圖不要讓人發現她在心動，但看不見的尾巴正在開心地搖晃，完全顯露了她的心情，叫人忍不住微笑。

「嘿，原來如此，出的價碼很高呢，這樣我的辛勞也算有了報償……不過，你的勁敵出的可不只這個價喲。」

「少騙人，她是出十枚聖金幣吧？貪得無厭是會死的喔，真的喔。」

其實，菲魯特第一次的死因可以預料得到。死因是——貪婪。

連正確數字都說中，沒法呼嚨了吧？昴的話讓菲魯特微微瞪大雙眼，萬分無奈地抓頭。

「什麼嘛，連這都知道啦……對啦，聖金幣十枚。話雖如此，要是知道我的交涉對象出這麼多，她搞不好會再加碼啊。」

這可不是騙人囉。吊起一邊嘴角的她，昴推估大約十三、四歲。

「真世故。我這邊可是跟妳真心誠意做生意，但就算這麼說妳也不信吧。」

「那當然。是說，你剛剛的話聽起來很可疑，我的耳朵可不會聽錯喔。你說的不是二十枚聖金幣，而是具備同等價值的貨色。以交涉來說，只有一方的手牌被人知道很不公平耶。」

「在交涉之前準備多少手牌可以顯現器量……不過妳判斷我沒用光手牌這點，確實也是事實。」

同時也想避免發牢騷拖延時間。

昴從懷中取出交涉用的關鍵道具——手機。

面對小型機械的出現，菲魯特只有微微皺眉。還是一樣，只要跟金錢沒有直接關聯，她的反應就很薄弱。

「那個值二十枚聖金幣？就我來看只不過是可以拿在手上的鏡子嘛。」

「這可是街頭巷尾大流行的『流星』，可以切割時間並凍結起來——看這邊。」

啟動連拍功能，機械快門聲和閃光燈連續運作。

白光劃破巷弄，菲魯特首當其衝沐浴在光芒下。「哇呀！」難得看到她做出像女孩子的反應。接著昴將手機螢幕遞到想要抱怨的菲魯特面前。

「這就是這個『流星』的力量，它可以留下如此精巧的圖片。要我來說的話，這是世界唯一僅有的貴重物品。好了，妳覺得怎麼樣？」

稍微熟悉昴解說的機能後，菲魯特用鼻子噴氣。「哼——」她不住眺望手中的手機，在仔細看到像舔過一遍後才點頭。

「……似乎不是騙人的。不過，這個是我嗎？既然你說可以將世界完美地切割下來，那我應該更美才對。」

「與其說是在惡劣的生活環境和貧困的飲食生活下產生營養不良和強大奸商魂，不如說去掉齷齪自私和小奸小詐的個性就會是個美人胚子。這是附加屬性的問題！」

「從你的選字用詞來看，小哥你根本就沒有跟人溝通的才能。真是的。」

雖然惹她反感，但卻是好反應。本來就不可能那麼簡單地水到渠成，這也是貧民窟居民的頑強之處。

「我認同這玩意很稀奇啦，但真的值二十枚聖金幣嗎？很可疑喔。事先聲明，我腦袋可沒笨到完全相信交涉對象的意見。」

「……那是當然啦。以我來說就算妳的大腦是海綿構成的也沒差，不過實際上還是需要第三者的意見。」

有進度和氣勢是很幸運，就算不順利也在預測範圍內。問題在於要選誰當「善意的第三者」。

「這個貧民窟裡頭，有個叫做贓物庫的地方。跟它的名字一樣，裡頭是負責收藏贓物。住在那裡的乖僻老頭很眼明手快，判斷物品價值的眼光也很公平。再加上見過的東西多，就算看到『流星』應該也能下判斷吧。」

「果然還是這種走向啊……」

菲魯特的提議也在預料之內。

對菲魯特來說，贓物庫不但是和艾爾莎約好碰面的地點，也是演變成暴力事件時有可靠保鏢爺爺的據點。

再加上鑑定「流星」這張王牌的眼光，除了這個選項以外別無他法。但是，想在抵達贓物庫之前就完成買賣，這才是昴的真心話。

「我是不反對給那個老爺爺看啦……」

「還沒看過就當對方是老爺爺，見面後可是會後悔的喔？他可是沒家教又很可怕的人。」

「而且還很勤快地端牛奶給妳這個牙尖嘴利的小姑娘喝……」

想起用和藹目光凝視菲魯特的禿頭老人側臉。對羅姆爺來說，那是一種疼愛孫女的感情吧。不管怎麼樣，問題不在對象而是場所。

「我是不知道你有什麼問題，如果趕時間就快點去贓物庫啦，我還有其他想做的事。」

「想做的事？」

「沒有啦，這個徽章的主人意外的有毅力，逃給她追很辛苦，所以要妨礙她的追擊。只要稍微給點錢，這附近的人都會很樂意幫忙。」

「好，走吧，立刻走吧，馬上就去，趕快去贓物庫。」

從後面推著準備邁步的菲魯特的肩膀，硬是要她帶自己去贓物庫。

「幹嘛啦——」催促鼓起腮幫子的她，昴讚賞自己減少了沒必要的損害。為了小錢就幫忙妨礙討徽章的假莎緹拉，這裡的人也太窮了。與其被冰塊砸到打滾，不如餓著肚子在家睡大頭覺還比較好。

「不過，鑑定過後就能迅速解決然後離開嗎？」

「小哥，你為什麼那麼著急？一直狂冒汗呢，堅強地活下去吧。」

「怎麼貧民窟的每個人都對我這麼說，這是口號嗎!?」

不是堅強地活下去，而是頑強地活下去比較好吧。

丟下這樣的想法，在第四次的世界中第三度前往贓物庫。

——立刻就去，用跑百米的速度去，就算會被丟下也要去。

在心中下定決心燃起鬥志，昴用力推動眼前的背。

「很痛耶——」

「好痛！」

他被菲魯特踢了一腳。

7

在菲魯特家和她會合後，兩人走在貧民窟的街道上前往贓物庫。

建築物之間的距離狹窄，陽光要用像瞄準的方式才能照進細巷裡。這種建築問題造成的昏暗，胡亂地助長了貧民窟鬱悶的氣氛。

「——」

腳底有濕濕的感覺。巷子邊散亂著破掉的酒瓶或紙屑等垃圾，不時竄進鼻孔的刺激性氣味催生厭惡感。

假莎緹拉也好菲魯特也好，這裡都不是適合和女孩子單獨步行的場所。

「反正都要一起走，真希望是在更熱鬧繁華的地方，還有可以的話真想牽著手走。」

「不要講那種讓人聽了覺得很噁的話。小哥，你有少女情懷喔？」

「要挑的話我會挑年長一點的。用不著那麼警戒，靠近一點。」

聽到昴的自言自語，感受到危險的菲魯特想要拉開距離。昴拉住她，菲魯特不情不願、面容猙獰地縮短距離。

「你真的不會做可疑的舉動？要是敢動手，傷腦筋的可是小哥你喲？」

「面對警戒心絲毫不肯鬆懈的小貓咪，我只在乎要如何跟她打好關係。如果妳討厭跟我獨處，就別再繞遠路了吧？」

「……為什麼知道？」

「察覺到的，別太小看我。確實，我對這一帶的地理完全不熟，但我對方向感很有自信。像妳這樣拐來繞去，我當然會覺得奇怪。」

俯視沉默不語的菲魯特，昴聳肩。被逮到小辮子的菲魯特尷尬地別過眼，但昴其實私底下心臟怦怦跳。

畢竟，剛剛的發言完全是故弄玄虛。

在菲魯特的帶領下走在貧民窟的路上，感覺跟記憶中通往贓物庫的路有點差異。牆壁上的醒目塗鴉在穿過幾條路之後又在遠處看到，心裡就有個底了。只不過是用虛張聲勢來下險棋。

「唉，妳會懷疑我也在所難免。不過對妳來說，大筆生意突然上門而且又進展快速，所以才會想要拖延時間看清摸透我這個人吧？」

「知道得這麼清楚，不生氣啊？」

「製造出理所當然會被懷疑狀況的人是我，所以也不是無法理解。不過，因為時間不夠所以我不會退讓，拜託妳直直走向贓物庫吧。」
看到昴舉手苦苦哀求，菲魯特翻白眼驚訝不已。然後粗暴地用力抓自己的金髮。
「啊——可惡，我不知道啦。雖然不知道，但欠的就是欠了。好啦，這次我會直接把你帶過去。要是有什麼萬一，就全都丟給羅姆爺。」
「妳這靠爺族的假清高我是不討厭啦……沒事，接著要怎麼走？」
察覺到自己可能會接著說教，昴連忙含糊帶過。
決定把問題丟給羅姆爺解決的菲魯特，其真心本意是如何呢？
叫人無法徹底憎恨的禿頭老人，實在不想去相信他被利用了。
昴的話語中斷，菲魯特雖然瞇起眼睛但沒有追問。改變對昴的態度，菲魯特這次沒有繞遠路，直接走向贓物庫。
追著大步前行的嬌小背影，昴一邊想著抵達贓物庫之後的流程。這是第四次來到異世界，他想選取最妥善的選項。
昴邊思考邊走路。突然，面前的菲魯特停下，少女瞪向沉默思考的昴。
「不要一直看著地上走路啦，小哥。寒酸吝嗇的本性會傳染給你喔？」
「我也很想看著前面走路，可是不注意腳邊的話很危險……那個寒酸吝嗇的本性是怎樣？」
「那還用問，當然就是指住在這裡形同人生敗犬的人囉。」
用下巴示意周圍——菲魯特指的是貧民窟。不屑的話語中處處透露著敵意和嫌惡，原本還以為是指什麼的昴不禁圓睜雙眼。

「敗犬……再怎麼說也太過分了吧。」

「哪裡過分，沉浸在這種噁爛髒臭的黑暗生活，連試圖離開或解決現狀的氣概都沒有，我最討厭他們這種人了。」

昴也花了許多時間和生活在貧民窟的人們對話過。居民們並沒有暴戾到無法溝通，但就如菲魯特所說，他們很滿足這裡的生活——不對，是自暴自棄才對。

沒辦法啊，無可奈何啊。這樣說是很簡單，但菲魯特卻討厭那樣。在狹巷的昏暗中，少女雙眸的鮮紅光芒毫不暗沉。

「我可沒有要在這種地方終老到死的念頭。有機會我就會抓緊，想盡辦法也要離開這裡。這一次就是千載難逢的好機會。」

「這樣啊……」

在第二次的世界裡，菲魯特有對昴和艾爾莎抬價敲竹槓。一直以來她的處世法則就是貪得無厭，但知道她的心情後也就能釋懷了。

她想離開貧民窟，脫離貧民孤兒的身分。菲魯特貪婪的行為，其根基可說是某種上進心吧。

「所以？二十枚聖金幣應該就能圓了妳的夢想吧。」

「……毫無疑問是大幅接近了目標。如果只有我一個，就不用那麼勉強亂來了。」

「如果只有妳一個？」

昴沒有聽漏菲魯特的低喃，他挑眉詢問。從他的反應領悟到自己失言，菲魯特咋舌別過臉。

「沒什麼，跟你又沒好到可以講那麼多……我怎麼那麼多話啦。」

「不是因為可以看到目標的終點所以才鬆懈嗎？」

看到菲魯特後悔自己說溜嘴，昴露出奸詐的笑容。

菲魯特雖然也有策劃自己一個人離開，但貧民窟裡卻有她放不下的人。對於敵視這裡居民的菲魯特來說，能夠讓她敞開心胸接納的人只有一個。

猜到是誰的昴，臉頰忍不住鬆緩。

「幹嘛啦，笑得那麼賊。氣死人了，喂！」

「沒事，別在意。該說我杞人憂天嗎？反正我的多慮消除了。這樣啊，原來如此，原來是那樣啊，不那樣就太奇怪了。」

朝瞪著自己的菲魯特露齒一笑，昴拍大腿恍然大悟。

在第二次的世界裡，菲魯特和羅姆爺的互動就跟家人一樣。雖然都被艾爾莎奪去性命，但在死前兩人都很關心彼此。

而且菲魯特在千鈞一髮之際救了昴，對昴來說有必要報答她的救命之恩。

——既然要報答假莎緹拉，那當然也要報答這位少女。

「快點走吧，打從剛剛就浪費了太多時間。」

「雖然不能釋懷……慢著，喂，給我住手！」

踏步前行，經過菲魯特身邊時，昴用力撫摸她的金色頭髮。

雖然是與乾淨整齊無緣的毛躁頭，但細柔的髮質給予手指的觸感還不賴。哪天離開了貧民窟，戴上美麗飾品想必會閃耀生輝。

為了讓菲魯特踏上實現未來夢想的道路——

「得好好處理……只有我辦得到。」

「不要講些聽不懂的話然後陶醉其中啦！咬你喔！」

手放在不爽的菲魯特頭上，昴靜靜地下定決心。

不只假莎緹拉，還有菲魯特和羅姆爺。為了這些打動自己心房的人，一定要改變在前方等待他們的命運。

——為此，我一定要再造世界。

「給我差不多一點——」

昴被咬了。

8

「對付大老鼠？」

「硼酸丸子哪裡有在賣？用毒藥。」

「對付白鯨？」

「我心目中的船長典範果然是來自於白鯨記的亞哈船長。用魚鉤。」

「……對付我等尊貴的龍？」

「因為是奇幻世界所以是有龍的吧，可是真的對上的話保證是束手無策。不過畢竟是一種浪漫，所以其實很想見上一面，這種矛盾心情去吃屎啦。」

「不加多餘的修飾就不會講口令嗎？是故意惹人生氣嗎？」

門像是從內側被踢破似的打開，不過有料到這點的昴早已退到後方所以沒有受傷。氣憤地從喉嚨怒吼出聲的，是個身高比入口還高，有著眼熟禿頭的——羅姆爺。他氣到面紅耳赤，血壓似乎急速狂飆。

「太多血液衝到腦袋血管會爆開喔。以現代醫學的角度來看也頗危險。」

「既然覺得對身體不好那就不要惹人發怒啊！搞什麼鬼啊你，今天不接待客人，滾吧！」

「啊——抱歉，這傢伙也是我的客人。雖然人很討厭，但就讓他進去吧。」

躲在昴背後的菲魯特滿懷歉意地說，羅姆爺聽到後頹喪地垂下肩膀。沮喪的羅姆爺和吹口哨的昴，菲魯特來回看著他們然後嘆氣。

「小哥，你的個性真的很壞，客氣地說是超級惡劣。進去囉，羅姆爺。」

穿過垂著頭的羅姆爺身旁，菲魯特以理所當然的態度進入贓物庫。

尋求說明的視線被菲魯特忽視，羅姆爺朝昴投以困惑的表情。

「我行我素的傢伙就是這樣，真傷腦筋。丟著我們這樣的一般人不管，對吧？」

「從用字遣詞下定義那邊重新矯正比較……快點進來。」

彷彿放棄一切的馬虎態度，羅姆爺縮著巨軀回到屋內，跟在他背後的昴也受到贓物庫內充滿塵埃的空氣歡迎。

一邊警戒一邊環視內部，很幸運的，沒有發生艾爾莎或假莎緹拉先等在裡頭的事。從容不迫地坐在櫃檯上，菲魯特彷彿在自己家一樣擅自倒牛奶來喝。

「什麼嘛，這一瓶冷掉了耶，你都沒熱喔。」

「太厚臉皮了，神經大條耶妳。我喝酒就好，老爺爺。」

「你也一樣厚顏無恥啦！不給，絕對不給！」

大步欺壓地板，巨軀跑到櫃檯後方，保護那兒裝酒的木箱不被視線騷擾。內心的憐憫油然而生，昴輕笑道。

「開玩笑的啦。對了，老爺爺，因為浪費了不少時間，所以在離題之前我們快點進入主題吧。」

「我覺得早就跑在岔路上啦……要幹嘛？」

「有玩意想讓你鑑定。為我帶來的『流星』估價，證明它的價值給菲魯特看。」

知道是要商談生意後，羅姆爺的灰色瞳孔摻入認真。

羅姆爺看向菲魯特向她確認，看到她點頭後才移回視線。

老人的眼神傳達出他要什麼，昴也從懷中拿出手機。金屬的外觀似乎引起羅姆爺的興趣，然後用細膩的動作撫摸放在大到出奇的手掌上像玩具一樣的機器。

「這就是『流星』。連老朽也是第一次看到……」

「全世界八成就只有這一個。還有，這個機械格外纖細，所以使用上要注意。要是弄壞我就真的得去死了，是讓一切重來的意思。」

屢次確認外表的羅姆爺，慢慢打開折疊式手機。一開始是啟動音引起驚訝，接著待機畫面誘發第二次的驚奇。

「這張畫……」

「我覺得時機抓得恰到好處。為了誇耀效果，我試著拿菲魯特的一天——來當待機畫面。」待機畫面是在小巷裡拍下的菲魯特。因為是挑選拍得最可愛的照片，加上畫質又好所以看起來就像一幅畫。

羅姆爺頻頻比較照片和在身旁啜飲牛奶的菲魯特。

「太驚人了，竟然可以畫出如此精細的畫。」

「這可是切割時間封印在裡頭的『流星』。人類畫的圖根本不能比吧？老爺爺要不要也來一張？」

「老朽很有興趣，但卻覺得危險。生命不會被吸走吧？」

「果然不管在哪個時代、哪個世界，看到照片都會有這種迷信呢……」

羅姆爺的反應簡直就像大正時代以前的人。昴對他露出苦笑，用「就算拍了也能活到八十歲」當開場白。豎起耳朵的菲魯特反應也很可愛，得到她的許可後讓羅姆爺看先前拍的照片，羅姆爺呻吟道。

「唔嗯嗯，這的確很嚇人。要老朽來估價的話，聖金幣十五……不，最低二十枚。這個『流星』確實具備這樣的價值。」

商人魂可能受到刺激，羅姆爺的眼睛格外閃亮。

物品得到以銷贓維生並引以為傲的奇妙專業人士認證，直接得到價值上的保障。昴自豪地撐大鼻孔看向菲魯特。

「怎麼樣，我的手牌就是這麼行。如他所說，是價值超過聖金幣二十枚的好貨。我想用這個以物易物，跟妳交換妳身上的徽章。」

「你那張臉有事沒事就那樣，看了真的很火大。」

事情如昴所預料地進行就不有趣了，菲魯特一臉不高興。但即使如此，自己內心發暖的事是無法取代的吧。

「哼，那個『流星』可以換錢這一點獲得了保障，坦白講我很高興。二十枚聖金幣這價格也毫無疑問，你的手牌我了解了。」

「對吧!?那麼，交涉成立囉。販售貨品是那邊的工作，加油！這樣一來事情就結束了，接下來先喝一杯慶祝大家都做成生意吧！」

昂快步走向菲魯特，伸出手索求徽章。但菲魯特卻委婉地從上方將他的手掌推回去。

「等一下，幹嘛這麼急？」

「人生有限，每一秒都很重要，我想極力節省不浪費……」

「啊——夠了夠了，那種事不重要啦，我是說……」

菲魯特瞇起紅眼，冷淡的態度突然直搗黃龍。

「說起來，小哥你為什麼會想要這個徽章呢？」

9

嗚呃。呼吸不自覺地堵塞，被看到這樣的反應，昂領悟到自己的失策。

現在才更該發揮剛剛那種俏皮話才對，但嘴巴卻說不出話。

昂的沉默令菲魯特一邊的嘴角微微上揚。

「委託我的大姊也不想說，小哥你也是嗎？」

「……原本偷竊就是上不了檯面的事，不管是誰私底下都有見不得光的理由啦。」

「不過你的理由特別黑呢。唉呀，冷靜點思考，從旁搶奪別人委託偷竊的物品實在很可疑耶。」

宛如貓咪玩弄獵物般殘忍，菲魯特反覆進攻。

「這個徽章到底是什麼？其實它比外表還要有價值吧，所以才會大家都想要。也就是說，這玩意可以換到比『流星』還要多的錢。」

「慢著，菲魯特，妳那種想法很危險。順著話題走向大概猜得出來妳會說什麼，用電玩腦就知道……總之我是認真地要妳打消那念頭。」

看到菲魯特的守財奴計量表不斷攀升，昴邊冒冷汗邊制止。交涉繼續拖延下去，等著大家的就是ＢＡＤ　ＥＮＤ的命運。

「可以換二十枚以上的聖金幣，用這個成交就對了，不要再貪求更多！艾爾……委託妳的傢伙最多只能出二十枚聖金幣，她的財力就這麼多而已！」

「為什麼你連那個都知道？」

「呃……」

「說溜嘴了吧，你也是相關人士。」

我只是有「死亡回歸」所以才知道，要是能這樣主張就輕鬆了。

然而，就算真的這麼解釋，也沒有讓人信服的證據。

菲魯特加深眼中的疑惑，看來昴的話在沒有對證的情況下，對她而言已經毫無相信的價值了吧。事已至此，只能用蠻力奪走她手中的徽章。

「要是那麼做的話，那個肌肉爺爺會來亂……」

「會被修理得很慘喔，小子。對比你小的姑娘這麼無情。」

「她是你啟蒙的吧？厲害到叫人想哭。」

如果訴諸暴力，鐵定會被羅姆爺揍死。

就算真的成功搶到，跑步速度也贏不過菲魯特。昂見過菲魯特移動時快得跟風一樣，根本就逃不出她的手掌心。

「菲魯特，拜託妳……」

「拜託也沒用。我認同你是交涉對象，但是沒問過委託人的意見就擅自賣出貨物太不公平了。如果說出徽章真正的價值，準備相應的報酬那就另當別論。」

逼問的瞳孔裡沒有絲毫同情或慈悲。

少女的雙眸拼命想從昂的態度中挖出真實。但是昂想要徽章的理由和艾爾莎不同，單純只是為了報恩。

菲魯特也知道昂拼命交涉的理由，是為了某個人。

昂憋氣，然後說：

「我會想要徽章……是因為想要還給原本的持有人。」

「——啥？」

所以，吐露真心就是昂的所有誠意。

「我想還給失主，所以才想要那個徽章。就這樣。」

面對瞪大眼睛的菲魯特，昂抬起頭重複說了一遍。

紅色雙眸閃耀著敵意恐嚇昴，昴接受這威嚇保持沉默。沒有從容不迫的使壞，只有滿懷誠意的低頭。

「……菲魯特，這小子看起來不像在說謊。」

「羅姆爺，不要連你都被騙了。這一定是開玩笑吧？還給失主？不惜花大錢向偷東西的小偷買回來耶？愚蠢透頂。倒不如帶一個衛兵來逮捕我，這樣不就解決了嗎？」

這個辦不到。假莎緹拉對於遭竊一事，說什麼也不肯讓衛兵介入，所以昴才會拒絕萊因哈魯特主動說要幫忙的好意。

違背假莎緹拉意願的事，昴做不出來。

這就是昴能竭力做到的誠意，也是他回報救命之恩的答案。

「要撒謊也編個好聽一點的，就算你一臉認真我也不會被騙。不然的話，我……沒錯，我不會被騙的。」

「菲魯特……」

像要揮別什麼，菲魯特擠出沙啞的聲音。

擔心的羅姆爺知道她的心思吧？他的表情很沉痛。

只是從那頑固的態度看來，可以知道菲魯特在禁止自己變心。

也就是說，交涉以失敗告終。

「——是誰？」

就在這時，羅姆爺改變表情，瞪著贓物庫的入口。

因交涉決裂的衝擊而呆掉的昴，對羅姆爺的話遲了半拍才反應。

「可能是我的客人，不過有點早。」

菲魯特走向大門，怒氣未消的她將手搭上門把。

昴察覺到急速上湧的焦躁感。

贓物庫、敲門聲、菲魯特的客人——符合這些條件，導出的答案只有一個。

「——不能開，會被殺的！」

比預定的早到。窗外照進來的光線角度還很高，要說日落的話光芒還太強烈。

在第一次和第二次的世界裡，絕望都是在日落之後來臨。

因為還有時間所以沒放在心上，但真的來得太早。

——我還沒完成任何一個改變世界的條件。

制止的聲音根本趕不及，菲魯特用力推門。開啟的門外，夕陽光芒照射進來微微地驅散了贓物庫的昏暗。然後……

「——我不會突然做出動手殺人這種事。」

繃著臉嘟起嘴唇的銀髮少女踏入倉庫。

第五章　『從零開始的異世界生活』

1

「太好了，妳在這。這次不會再讓妳逃走了。」

踏進來的少女——假莎緹拉令菲魯特說不出話，只能後退。

菲魯特的表情很惱火，氣憤得扭曲嘴唇。

「妳這女人真纏人，也該死心了吧。」

「非常遺憾，我是不可能放棄的。……老實一點，我就不會對妳怎麼樣。」

面對咬牙切齒的菲魯特，假莎緹拉的聲音極為冰寒。

倉庫的氣氛朝危險的方向改變，昴忍不住發抖。

——為什麼假莎緹拉會來這裡!?

才剛傍晚而已。在第一次的世界裡，傍晚的時候連貧民窟的入口都還沒到，抵達倉庫應該是在太陽完全下山之後。

「難道說如果沒有我，她其實可以這麼早就到？」

就算沒有觸發在巷弄內治療昴的事件，莎緹拉憑自己就能抵達這裡。

穿越時空後再次證明了自己有多廢，心情低落到說不出話來。

事態拋下倍感空虛的昴，片刻都在進行。

後退的菲魯特已經從房間中央移動到更裡頭，假莎緹拉以自然的動作替換成堵住大門去路的姿勢，手掌朝向這裡。

空氣中響起微微破裂的聲音，因為假莎緹拉正以手掌為起點施放魔法。她擅長的是冰屬性魔法吧，空中產生冰柱，室溫跟著下降。

「我的要求只有一個。把徽章還來，那是很重要的東西。」

飄在空中的冰柱共有六根，尖端都圓圓鈍鈍的，重視的不是銳利而是重量帶來的威力。然而，要是命中的話，毫無疑問會造成猛力擲小石頭也無法比較的傷害。

當然，自己也被列入攻擊目標。冷汗直流的昴，怕會刺激到她只能默默地注視。

「……羅姆爺。」

「別動。不但帶了麻煩事，連麻煩的人都帶來啦，菲魯特。」

面對平靜的呼喚，羅姆爺繃緊巨軀搖頭回答。

羅姆爺的手中不知何時已握著棍棒，但握著棍棒的豪腕卻不是很可靠。似在迷惘又像困惑，握著的手反覆張開又握住的動作。

「你不會是在幹架前就先認輸啦？」

「若只是區區魔法師老朽也不會退縮……但這個對手很棘手。」

告誡挑釁的菲魯特，羅姆爺瞇起灰色眼睛，盯著假莎緹拉。

他俯視假莎緹拉的雙眸——裡頭充滿強烈的警戒和敬畏。

「小姐……妳是妖精吧？」

羅姆爺顫抖嘴唇發問。聽到問話內容，昴忍不住抬起頭。

推測她是妖精只對了一半。昴在第一次的世界裡，聽她親口說過自己的身分。

面對羅姆爺的發問，假莎緹拉閉目須臾，然後小口吐氣。

「對了一半——我的妖精血統只有一半。」

沉痛告白的口吻，令昴皺起眉頭。

不過，剩下的兩人卻對假莎緹拉的告白產生很大的反應。菲魯特的反應格外劇烈，她邊扭動身體邊後退。

「半妖精……而且還有銀髮!?莫非是……」

「只是剛好而已！……我才覺得麻煩呢。」

昴雖然聽不懂對話，但多少能感受到假莎緹拉是很不情願的。

但是，假莎緹拉的否定還不到解除菲魯特警戒的地步。不僅如此，菲魯特把臉轉向在場卻沉默的昴，紅色的雙眸充斥敵意。

「小哥，原來你是來引我上鉤的啊？」

「什麼？」

「還給失主。講那麼奇怪的話，我就覺得很可疑。不讓我跟居民灑錢要他們礙事也是你的戰術吧？原來你們是同夥！」

菲魯特灌注怨懟的追問，令昴知道她誤會了。

但另一方面，他也看出了假莎緹拉能在短時間內趕到贓物庫的原因。

原本假莎緹拉是沒辦法在這個時間點抵達這裡的。因為被菲魯特雇用的貧民窟居民會出面妨礙，拖累延遲假莎緹拉的腳步。

但昴催促菲魯特的行為導致拖延時間事件沒有發生，於是假莎緹拉就直接來到這裡。

菲魯特的質疑並非真實，但卻碰到了一角。而事實上，狀況正偏向昴期望的方向。要說真心話的話，昴是想親手拿回徽章，再還給假莎緹拉好獲得讚賞，但如果失主直接討回的話就不需要自己多事。

要是能完成這條路線，也可說是不錯的策略吧。但是……

「……？什麼意思？妳跟他不是同伴嗎？」

看到菲魯特和昴的不和，假莎緹拉出聲發問。

假莎緹拉困惑的態度，讓菲魯特嗤之以鼻笑道：

「哈！不用演戲了，被逼到絕境的是我。妳就堂堂正正拿回徽章，取笑我的愚蠢吧。」

「太低聲下氣了吧。形勢只是對妳有點不利就這麼誇張。」

「妳就直說我著了妳這個大小姐的道好了。啊——可惡，我被騙了！」

粗暴地抓金髮咂嘴的菲魯特，和對她那毫無少女氣息的態度皺眉的假莎緹拉，兩人之間微妙的誤會和險惡的氣氛令昴屏息，不由得視線游移。

然後，昴注意到——假莎緹拉的左胸，有紅色的花飾在搖晃。

「啊——」

至今自己猶豫不決的一切，全都變成蠢事。昴忍不住發笑。

假莎緹拉嚴厲的表情和態度，讓昴想起上一回被拒絕的經驗而遲疑膽怯。但是，不管世界重來幾次，假莎緹拉的善心都沒有改變。

——幫助迷路女孩的證據，證明了這一點。

「好啦好啦，事情變得有點複雜了，不過不是剛好嗎？菲魯特就乖乖把徽章還人，然後莎緹……妳拿到了就快點離開這裡，小心保護好別再被偷了。」

「為什麼突然這麼親切？我完全無法釋然……」

「無法接受的還有我。小哥，你到底是想怎樣？」

雖然試圖轉變氣氛，但卻被混亂中的兩人集中砲火猛攻，說服因此失敗。昴用眼神向羅姆爺求救，可是……

「敵人是魔法師的時候別魯莽亂來，急躁會誤事的。」

被要求當心，但當心的點卻不一樣。真是沒用的老頭。昴壓抑內心咋舌，歪頭思索該如何應付兩名女性的嚴厲視線。

這時候——猶如滑行一般，黑色影子悄悄移動到銀髮少女背後。

「——帕克！防禦!!」

嫣然的微笑化為影子接近，朝灑著滿頭銀髮的白色頸項攻擊，動作輕柔地像是在塗抹。剎那間，少女的頭顱在昴瞪大的雙眼前飛起。

——原本的未來應該是這樣發展吧。

清脆的聲響。不是鋼鐵切斷骨頭的聲音，而是宛如鋼鐵擊碎玻璃的聲響振動耳膜。假莎緹拉微微前傾，後腦杓展開了一道藍白光輝的魔法陣。

魔法光輝止住刀刃前端，勉強保住銀髮少女的性命。

假莎緹拉跳開後回頭。在飄逸的銀髮間，站著一隻灰毛的小動物。粉紅色的鼻子得意地哼哼作響，帕克瞥向昴。

「好驚險，真是千鈞一髮呢，得救了。」

「讚啦，帕克！得救的反而是我們，謝啦。」

面對小貓豎起拇指的動作，昴也跟著激動地豎起拇指。

現在太陽還沒下山——也就是說，假莎緹拉的強力後盾還在上班。

雖說看到就馬上出聲，不過帕克的防護網比想像中還來得紮實。

然後，奇襲被防禦的襲擊者說：

「——精靈，是精靈啊。呵呵呵，太棒了，我還沒剖過精靈的肚子呢。」

凶刃舉至面前，神情一臉恍惚。是眼熟的殺人鬼——艾爾莎。

突如其來的造訪者，讓昴和假莎緹拉同時警戒。但先對艾爾莎有所反應的卻是其他人。

「喂！妳想怎樣！」

大聲叫喊，往前踏出一步破口大罵的人，是菲魯特。

菲魯特指著艾爾莎，從懷中取出徽章。

「妳的工作應該是來跟我買這玩意吧！竟然想把這裡化作血海，妳是不是搞錯了啊？」

「購買被偷的徽章確實是我的工作，但把失主帶來生意就不用談了。所以我決定變更預定。」

氣得滿臉通紅的菲魯特，在艾爾莎被殺意浸潤的注視下倒吞一口氣。艾爾莎憐愛地俯視菲魯特的恐懼。

「殺光在場所有有關係的人，之後再從血海裡頭回收徽章。」

露出慈母的微笑，冷酷地告知後她歪了一下頭。

「——是妳沒能圓滿完成工作，就算被砍死也無話可說。」

「——唔！」

菲魯特的表情痛苦，那是有別於恐懼的感情。

不知道艾爾莎的話觸動了她哪根心弦。雖然不知道，但那成了觸怒昴的原因。

「王八蛋，不要開玩笑了——!!」

他忘記實力差距對艾爾莎大聲怒吼。
艾爾莎貌似驚訝地看向昴，菲魯特、羅姆爺和假莎緹拉也不例外。但最震驚的不是其他人，而是昴自己。
他也不知道自己為什麼會氣到發狂。
因為不知道，所以他決定任由情感泉湧，全部一吐為快。
「欺負這麼小的孩子有什麼好高興的！妳這個喜歡腸子的虐待狂女人!!因為預定亂了就整個翻桌全部取消，妳是小孩子嗎？給我珍惜生命！妳不知道被開膛剖肚有多痛吧？我可是清楚得很!!」
「……你在說什麼？」
「讓自己內在出乎意料的正義感和俠義之心彈劾這個世界的歪理啦！對我來說的歪理，就是放任妳在這個狀況下為所欲為！」
聽完昴意義不明的吼叫，艾爾莎難得厭倦似地小聲吐氣。被艾爾莎莫名的態度傷害，昴就著口沫橫飛的氣勢大喊：
「好，爭取時間結束——上啊，帕克!!」
「真是難看得想留給後世觀賞呢。就順應你的期待吧。」
飄飄然的聲音回應用力跺腳的昴。艾爾莎驚覺不對，抬頭觀望。
在她站著的時候，周圍被超過二十根、前端尖銳的冰柱包圍。

「我還沒自我介紹呢，小姐。我的名字是帕克——只有名字也好，帶著赴黃泉吧。」

接著，來自全方位的冰柱宛如砲擊般撞向艾爾莎全身。

2

「————！」

交錯的冰柱掀起白霧，在低溫風暴中蓋住穿著黑色大衣的身影。

冰柱的速度遠遠超越在巷弄內看到的速度，勉強才能用肉眼追上命中的瞬間。銳利的前端可以輕易貫穿人體，鮮血會染紅透明的彈頭吧。

而且冰柱實際算來少說有二十根，命中的話勢必會受到致命傷，但是……

「幹掉了嗎!?」

「為什麼這時候要說那種台詞——!?」

明明之前都保持沉默，卻在關鍵時刻用最討厭的話插嘴的禿頭。

像是呼應昴的叫喊。

「——還好有事先準備。原本我嫌太重不想帶，但穿著來是正確的。」

彷彿劃破白煙，艾爾莎舞動黑髮跳進視線裡。

揮舞庫克力彎刀，踩著身輕如燕步伐的身體未見負傷。脫去披著的黑色大衣後，全身就只裹著黑色緊身衣，除此之外跟方才看起來沒什麼兩樣。

「該不會那件大衣本身就很重，所以脫掉後動作變靈活了!?」

「那樣解釋也很有趣，不過事實更單純。我的大衣是用僅能驅魔一次的術式織成的，所以才撿回一命。」

禮貌地回答完昴的疑問，艾爾莎放低姿勢，架刀朝正面衝刺。

刀刃直指剛放完大招的假莎緹拉。

彎刀筆直地刺向假莎緹拉的胸膛。昴忍不住要叫出聲來。

但是——

「不要小看使用精靈術的人，與之為敵是很可怕的。」

假莎緹拉雙手在胸前合十，在正面展開多層冰盾，輕而易舉地擋下艾爾莎的彎刀。被擋住一招的艾爾莎立刻後滾翻迴避。

宛如追著艾爾莎，地面接連插下尺寸較小的冰柱。

追擊的人是站在銀髮旁邊，猶如指揮者揮舞手臂的帕克。

「分開攻擊和防禦的工作——實質上是二對一的狀態。」

「那正是精靈使者的麻煩之處。一方攻擊另一方防禦，一方可以視情況用簡單的魔法爭取時間，另一方就施放大招……所以很難纏。因此戰場上有個不成文的規定：『遇到精靈使者就放下武器和錢包快逃吧。』」

站在感嘆的昴身旁，緊握棍棒的羅姆爺語重心長地低語。

聽了這話昴老實點頭。原來如此，精靈術師的連招沒那麼輕易瓦解。

「是說，老爺爺你打算做什麼？」

「逮到機會就幫妖精姑娘一把，敵人似乎還沒察覺。」

「慢著慢著慢著慢著給我慢著！打消這念頭——你絕對只會變成絆腳石，落得右手和脖子被砍斷的下場，所以給我老實待著不要動！」

「不要說那麼不吉利的話，講得好像真的會被砍斷似的！」

實際上，是真的看過兩次被砍下來的場面，所以說出來才充滿真實性。在別的次元被一刀兩斷的感覺傳過來了嗎？羅姆爺按著手臂和脖子。

在對話進行的期間，戰鬥依舊持續著。

詼諧規勸羅姆爺的另一方面，事實上如火如荼的激戰根本沒有見縫插針的機會。

——無數的冰塊接連出現，盡情自在地在室內飛舞。

然而，置身在那樣的冰塊暴力中，艾爾莎的動作遠遠超越了人類領域。

旋轉，身子貼地到像趴在地面，有時無視重力在牆壁上奔跑閃避。若判斷即使如此也無法躲開，就用彎刀擊碎冰塊，粉碎白色結晶使之煙消雲散。以壓倒性的技術應付對手的攻擊，戰鬥技巧精湛得無與倫比。

「妳很習慣戰鬥呢，明明是女孩子。」

艾爾莎的表現只能用神技來表達，連攻擊她的帕克都不禁感嘆。

「唉呀，我好久沒被當成女孩子對待了呢。」

「在我看來大部分的對手都像嬰兒。不管怎麼樣，妳實在很強，強到很可憐。」

「能被精靈誇獎真是不敢當。」

老實為稱讚歡喜，艾爾莎的彎刀同時擊碎團剿過來的冰塊。

發射出去的冰塊數量應該已經將近上百，但除卻一開始的先發攻擊外，沒有一發能夠直接命中艾爾莎的身子。

「繼續用這種數量進行消耗戰的話就能贏……但我很不安。」

「那個黑衣姑娘的動作非比尋常。話雖如此，可別以為二對一就不會輸……精靈可以現身至何時方是勝負關鍵，沒了精靈形勢就會一口氣逆轉。」

「嗚哇，你說得對……差不多要五點了吧!?」

在第一次的世界裡，帕克是在日落後再過一下子才入睡。

戰鬥自傍晚開始，雖然還沒過多久，但像這樣使用魔法進行消耗戰，不就是在大量耗用儲存起來的瑪那嗎？

「好不容易快樂起來，要是心思不放在這可就無聊了。」

艾爾莎一邊扭轉身體避開冰柱一邊低喃，肯定了昴的掛念。接收她的話，帕克用手輕彈自己的鬍鬚。

「受歡迎的雄性真是辛苦，因為女方都不讓人睡。不過熬夜對皮膚不好喔。」

將艾爾莎的挑釁四兩撥千金，但帕克的話卻不帶否定。

果然快到極限了嗎？焦躁感燒灼昴，不過艾爾莎的動作突然停住。

帕克用黑溜溜的眼珠靈巧地朝不動的艾爾莎眨眼。

「差不多也該落幕了，同樣的戲碼也看膩了吧？」

「腳嗎——」

正要踏出去的瞬間，艾爾莎身子前傾無計可施。她的右腳被黏在凍結的地板上。

破裂的冰塊碎片落地累積，達成絆住艾爾莎腳步的任務。

「我可不是漫無目的地亂灑冰塊喲，喵。」

「……中你的計了？」

「這是經驗的差距，但我還是不得不稱讚妳。晚安。」

帕克挺起胸膛，在少女肩膀上的小小身體微微搖晃。

簡直就像是施展必殺技的姿勢，雙手前伸，然後集中至今未曾使用的最大等級魔力——被照射的昴也看見了。

魔法已不再是冰的形狀，單純是以純粹的破壞能量發射出去。

藍白光線凍結路徑上的一切，一口氣將贓物庫染成白色。

能量穿越艾爾莎射中贓物庫入口。搖搖欲墜的大門被擊飛，凍結的餘波超乎水準，波及到外部。

極光通過之後只留下結冰，贓物、家具和櫃檯全都被連根冰進凍土之中。

當然，要是被直擊的話，人類也免不了變成冰雕。

不過——

「騙人的吧……」

「不是騙人的喔。啊啊，太棒了，我還以為會死呢。」

那是指直接命中的話。

「……妳畢竟是女孩子，這種作為我沒辦法佩服。」

絕招被閃掉，但帕克說的話卻不包含超出字面的憤怒。他的口氣是純粹不滿艾爾莎的行為本身。

——血液滴在凍結的地板上，微微冒著蒸氣。連昴都看到了。

鮮血的源頭是艾爾莎的右腳。稍微偏離冰結魔法路徑，光著腳站立的她，右腳正在大量失血。

這也難怪，畢竟她的右腳腳底板被整個削掉。

「忙中有錯，不小心切掉了，不過剛剛真危險。」

「就算是那樣，也很痛吧。」

「嗯，是啊，好痛喔。不過太棒了，這就是活著的感覺，而且……」

在帕克關懷的語言下，眼神恍惚點頭的艾爾莎毫不猶豫地將冒血的腳用力壓在旁邊的冰塊上。空氣的龜裂聲讓艾爾莎的喉嚨響起豔麗的音色，緊接著又揮舞刀子削砍冰塊表面。她就這樣用冰塊堵住腳底，完成粗暴的止血法。

「動起來有點不順，不過夠了。」

敲著硬質的腳步聲，穿上冰靴的艾爾莎笑得越發愉悅。

毫不避諱自殘的戰鬥成癮症，已經讓昴震驚到說不出話來，但打擊最大的是與她為敵的假莎緹拉。

「帕克，還行嗎？」

「抱歉，我好想睡，有點小看她了。瑪那用完我就會消失。」

回應少女低聲問話的帕克，聲音首次失去從容。

銀髮旁邊，站在肩膀上的小貓——身體發出微弱的光芒，看起來模糊不清到彷彿要消失，這意味著時間到了。

「再來我自己會想辦法，你今天先休息吧，謝謝。」

「要是妳有什麼萬一，我會遵從契約。如果很緊急，就算擠出歐德也要叫我出來。」

留下忠告，帕克的身體突然霧化消失。

昴咬唇看著他脫隊。但是，有人比昴更失望沮喪。

「——啊啊，消失了，這真是太遺憾了。」

正是方才以命相搏的艾爾莎。

重新掄起庫克力彎刀，艾爾莎踩著高亢的腳步聲走向假莎緹拉。

與之敵對的假莎緹拉周圍陸續出現冰柱，但數量和帕克相比減少許多。

即使對上機動力減弱的艾爾莎，勝算也只有五成吧。

「差不多了，不能只是在旁邊看著。」

眼見狀況不利，羅姆爺握緊棍棒嚴正以待。

「勝算有多少不知道，但既然默默地看著只是錯失機會的話……妳知道的吧，菲魯特。」

「知道了啦，我不會逃的，也該是有所作為的時候了。」

一開始被艾爾莎恫嚇之後就沒再說話的菲魯特開口了。

她站到羅姆爺身旁，看向昴。

「剛剛那個……有點得救了。」

「——啊？」

「只有一點點而已喔。是說，不准說我是小孩子，我好歹也十五歲了，和小哥你差不多吧。」

「……我今年十八，可以開車也可以結婚了。」

「看不出來！太娃娃臉了吧你，稍微在臉上刻畫一下人生啊。」

——以平凡生活為口號，一直悠然自得地活在治安良好的日本。

被人嘲笑沒有覺悟，昴窩囊地垂下頭。

現場最弱的人是自己，而且欠缺的還不只是戰鬥力。

「腳抖到不會動……這就是所謂的覺悟不夠。」

論有沒有參加資格之前，昴根本就無法和這場戰鬥扯上邊。

羅姆爺有腕力，菲魯特有腳力，假莎緹拉還能靠魔法君臨戰鬥。但艾爾莎的異常卻凌駕於他們之上。而現在……

「開始失勢了。」

羅姆爺的重點感想說明一切。

儘管冰塊彈幕毫不停歇地施放，但在艾爾莎的劍舞面前全都被打個粉碎。以冰盾防禦艾爾莎宛如舞蹈的斬擊，假莎緹拉施以連擊，同時冰凍腳下滑行，以毫米之差迴避攻擊。然後再度用冰柱彈幕拉開距離，但無法否認已居於劣勢。

要改變狀況，勢必要有援助。

「上囉——！」

和昴想的一樣，羅姆爺大吼一聲之後加入戰線。

舉起的棍棒虎虎生風地揮下，艾爾莎蹲下閃避，棍棒稍微碰到她後腦杓的頭髮。

「唉呀，硬是加入舞蹈中，太不知趣了。」

「這麼想跳的話老朽就讓妳跳個夠！來，跳用力一點！」

帶刺的棍棒往前推進，攻擊範圍由線轉點。奇特的攻擊立刻朝艾爾莎的喉嚨衝過去——結果卻讓羅姆爺喉嚨僵硬。

「這、這怎麼可能——!!」

「因為你力氣大，所以我才做得來喲。」

艾爾莎輕巧地站在挺出的棍棒前端。

唯有具備超現實的平衡感，才能完成的技藝。在絕妙的均衡瓦解之前，艾爾莎的刀朝旁一揮。

位置高度在羅姆爺的額頭。直接命中的話，腦袋就會被砍飛。

「休想稱心如意！」

鏘！投擲出去的小刀敲中橫斬。

來自正下方的衝擊稍稍打亂了艾爾莎刀刃的動作，刀腹高速打中巨軀的頭部。一聲鋼鐵擊中骨頭的沉響，羅姆爺的身體像反彈一樣倒下。

「壞孩子。」

「——啊。」

輕盈落地後，艾爾莎轉身用視線看向菲魯特。

解救羅姆爺免受致命一刀的，是菲魯特帶在身上的小刀。本來是瞄準艾爾莎的手臂吧，在危機時刻鎖定的目標竟如此天真。

這次的情況，可以說是勉強救了羅姆爺一命。

「沒有覺悟也沒有戰力，既然如此，就該躲在屋子角落縮得越小越好。」

踏步聲高高響起，艾爾莎的黑影像滑行一樣瞬間來到菲魯特眼前。

羅姆爺被打中頭部昏了過去，假莎緹拉拉開距離結果反而趕不及援救。而菲魯特又處在被蛇盯上的青蛙狀態，完全無法動彈——

「嗨咿噠啦——!!」

能夠在瞬間從旁抱住她身體的，只有縮在旁邊的膽小鬼。

3

朝菲魯特的腰部飛撲過去後，抱著輕小的身體在地面打滾。

撞擊到地面之前，鋼鐵掠過後腦杓的觸感叫人寒毛直豎。但懷中的重量就是勉強自己的理由，他順勢滾動拉開距離。

艾爾莎一臉驚訝地凝視立起單膝回過頭的昴。彷彿從艾爾莎那兒取得一分，昴用痙攣的笑容誇耀勝利。

「妳沒事吧!?我很拼命，所以就算碰到奇怪的地方請別追究囉!?」

「你不講話我本來會老實道謝的。是說，為什麼救我？」

「不知道啦！身體自己動起來了！就算講了妳也不知道，反正欠妳的我還了！給我記住！」

放開菲魯特，昴握緊拳頭。

在第二次的世界裡，菲魯特從艾爾莎的凶刃下救了昴。雖然那個記憶在這個世界毫無意義，但還是還了這份恩情。

——蒙受的恩情不會消失，還有該做的事也是。

「妳給我聽仔細了，菲魯特。從現在開始，我會跟羅姆爺一樣用赴死的態度爭取時間，說什麼都會做出一個空隙，妳就抓緊時機全力逃跑，好嗎？」

「——！不好啦！你是要我夾著尾巴逃跑嗎⁉」

紅色雙眸仰望，昴湊近臉接受這惡狠狠的瞪視。

而且沒有看漏在昴的氣概下，菲魯特瞬間膽怯的表情。

「沒錯，就是夾著尾巴逃跑。其實可以的話，我本人想擔任這個角色，因為我一秒都不想待在這種暴力空間內。」

昴用力撫摸眼前少女的金髮，深吸一口氣。

「不過，妳十五歲我十八歲，妳八成是我們之中年紀最小的。既然如此，當然選擇生存機率最高的妳，這很正常。」

「什、什麼嘛……別開玩笑了，你明明到剛剛都還在發抖耶！」

「剛剛是剛剛，現在是現在！我現在沒在發抖就好了！總之，我會在回想起恐懼不能動彈之前先動手。所以說，妳要快點逃跑。」

按住還想反駁的菲魯特的額頭讓她安靜，昴一邊伸展身體一邊站起來。倒在腳下的是羅姆爺放手的棍棒，雖然很重，但不至於揮不動。

正面是在假莎緹拉的冰之彈幕中舞蹈的艾爾莎，她的動作毫無窒礙。原本就沒有實戰經驗的昴，根本就不知道那個超人有沒有露出破綻。能做的就只有在確認到艾爾莎的意識離開兩人時，不出聲地進行奇襲而已。

一根格外大的冰柱被斬落，在昴的身影完全進入艾爾莎視野死角的瞬間，連呼吸都忘記的昴飛奔過去，把棍棒用力朝下揮舞。

發揮出火場精神的怪力，棍棒的速度超乎想像，切開風直直朝艾爾莎的後腦杓過去——

「——狙擊的時機很完美。不過漏出太多殺氣，根本是叫人注意你，可惜啊。」

「殺氣嗎！誰知道要怎麼藏啦！」

對於來自正後方的打擊，艾爾莎用刀鋒敲擊棍棒，使軌道偏離進而閃避。在那瞬間，昴齜牙咧嘴地吶喊。

「就是現在！衝啊，菲魯特——!!」

「——!!」

像反彈一樣，菲魯特矮小的身軀乘風奔馳。

以肉眼無法捕捉的速度橫過室內，化為風的少女衝向出口。

「妳以為我會讓妳走嗎？」
從旁阻擋菲魯特急馳的，是艾爾莎從懷中拔出扔過去的刀子。
回報菲魯特剛剛礙事的一刀，造型簡單的刀子筆直地射向菲魯特的背部。但是……
「想讓她走的人可是我！」
昴踢起旁邊的桌子。扔出去的刀子被飛起的破爛桌子打到，全都放棄了任務。
「我超強！不過腳尖比想像的還要痛……噗呼嘎嚕!?」
是火災現場的怪力，還是死了三次都沒覺醒的覺醒時刻終於到來？
然而，他的側頭部被修長的腿踢飛，讚美自己的話語中斷，整個人用力撞向牆壁。
在強大的威力下暈頭轉向，昴吐出遲來的痛楚和鮮血的味道。
「真難得我會有點火大。」
「火大是嗎？太爽了！哈哈哈——活該啦妳，讓一個人逃掉了吧！」
站起來後擺出豪氣萬千的姿勢，昴為了吸引艾爾莎的注意力不停煽動挑釁她。
似乎察覺到他的意圖，艾爾莎微笑，逃跑的菲魯特完全被摒除在她的意識外。
「好啊，就稱你的意吧。相對的，可別讓這支舞無聊了。」
「事先聲明，和我跳舞可要有覺悟，我沒啥教養步伐都踩得很用力。」
從嚴重撕裂的嘴巴吐出血塊，昴重新握住沒有放手的棍棒。
機會少得可以，只有在迎擊接近的艾爾莎時才要灌注心力揮擊。

「別忘了我這個對手！」

冰之飛石從背後急襲。

看都不看後面就舞刀擊墜每一顆石頭。艾爾莎超越人類的感官，令昴無法再多嘴快舌。

「這場遊戲也差不多看膩了……但似乎還能再取悅我？」

問話低沉，微笑帶著血色。看到艾爾莎令人背脊發寒的笑容，昴瞥向假莎緹拉，兩人目光交流。

「如果有藏著什麼真正的力量，我覺得趁現在使出來比較好喔。」

「……是有絕招，但使用後除了我以外沒人可以活著。」

「自爆技能就饒了我吧。明白了，可惡啊。算我求妳可別一著急就使出來喲？」

決定揮別膽小自己的昴開了個玩笑，但個性非常認真的假莎緹拉認真答覆。看到深深吐氣下定決心的昴，她微啟紅唇開口說道：

「我不會用的。因為你這麼拼命努力，我會掙扎再掙扎，找出一條活路。——畢竟靠親人戰鬥是最後的手段。」

看到假莎緹拉萬分無奈這麼說的表情，昴的心中突然點起一把火。

那是快要放棄的臉，是快要接受自身弱小的表情。

在昴的心裡，假莎緹拉是無論置身在什麼苦境都絕不低頭的少女。正因為她是這樣的人，昴才會為了一睹她的微笑而努力至今。

死了好幾次，可是為了幫助假莎緹拉，昴還是來到了這裡。從開始走到現在的路程，可不是為了目擊少女如此虛弱的表情。

「剛剛，我什麼都沒看到。」

「——咦？」

「剛剛的對話取消，全部不算數！我終於想起為什麼我會在這裡，不就是要做該做的事嗎？我這個笨蛋，我絕對不會讓妳使出絕招的!!」

伸出手指，朝假莎緹拉和艾爾莎兩人宣告。踏腳跺步，朝旁吐口水，順從情感，靈魂發出吶喊。

「揍飛妳，然後迎接Ｈａｐｐｙ　Ｅｎｄ。沒人找妳，快點滾回去吧！」

「……你的精神似乎多到有剩呢。」

「幹勁也多到滿出來喔。這次的我處在頂峰，氣勢可不同了。」

棍棒直指身子微微前傾的艾爾莎，昴的姿勢就像棒球選手放話要擊出全壘打一般。

艾爾莎嫣然的微笑融入黑暗。從爬行似的低姿勢，用宛若滑行的動作迫近。看著光芒暗沉的刀子，昴全力揮舞棍棒。

毫不留情的全力揮擊，懷著撲殺覺悟使盡吃奶的力氣。

可是艾爾莎以洗鍊的動作將姿勢壓得更低，以幾近舔地的移動閃過。

「妳這蜘蛛女——！」

「那你一定是被蜘蛛絲捆住了。」

看到朝上伸過來的刀刃，昴立刻將身體往後倒，但卻逃不過刀刃的攻擊範圍。恐懼衝上背脊，昴什麼都沒想膝蓋就往上踢。

沒有瞄準就踢出去的膝蓋，擊中正前方的艾爾莎身體。刀刃的行進路線稍微偏離，銀白光輝介入兩者之間，高亢的聲音隨之響起。

「冰盾！Nice防禦！」

「你該不會擅長營造被狙擊的機會吧！剛剛你危險到差點就變冰雕了！」

「不是我，是那傢伙喲!?」

昴邊道謝邊講俏皮話，同時往後跳。假莎緹拉再度使用冰之彈幕牽制艾爾莎。

「長翅膀的蟲子變得礙眼起來了呢。——該墜地了喲。」

「喂喂喂，不要小看蟲子喔，被叮到的話搞不好會起疹子咧！」

「站在安全地帶卻自以為很偉大的樣子。」

集中精神閃躲彈幕的艾爾莎，以及用挑釁擾亂她集中力的昴。

原本想混進彈幕中攻擊艾爾莎的背，但要是一個不小心就會被彈幕擊中，所以昴不敢隨便踏入。

假莎緹拉的援護在昴發動攻勢時會變得薄弱，也是這個原因吧。亦即，臨時組成的戰線是問題所在。

用目光追隨彈飛冰塊的動作，偶爾加入戰局重複一招打帶跑。昴對越來越不利的狀況咬牙切齒。可是很明顯的，只要艾爾莎有那個意思，昴早就像羅姆爺那樣被一招滅頂。

之所以看起來像是「勢均力敵」的樣子，是因為艾爾莎的意識並沒有完全集中在昴身上。艾爾莎的注意力，放在方才消失的精靈再度出現的可能性上。她對那的警戒造成的影響就是這麼大。

若要再補充，昴的膽小促使他不敢踏入致命範圍，也可以算是主要原因之一吧。

如果昴是個勇猛果敢的門外漢，應該只要一刀就會了結這個均衡。話雖如此，這樣的小心翼翼也無法有效發揮功用。

斬擊的威力越來越厲害，來不及緊急迴避的昴，身上的割傷開始增加。

兩隻手臂、小腿肚、腋下，連脖子都開始出現淺淺的傷口，灰色運動服上的血跡變得顯眼起來。

「痛啊，可惡！既然如此，這招怎麼樣!!」

含淚忍痛，大罵之後施展迴旋踢。從一直採用的棍棒攻擊模式轉變為格鬥技。但是……

「嘿，抓到了。」

「呿！」

踢出去的腿不但被悠哉躲過，還被艾爾莎輕輕抓住。往上揮的庫克力彎刀瞄準昴的鼠蹊部。彎刀的速度和銳利，足以俐落切斷大腿。

大腿根部被切斷造成的失血和痛楚，導致震驚而死——眼前彷彿看見BAD　END　4這些字。

——判斷失誤！

雖然立刻旋轉棍棒防禦，但單腳站立的姿勢相當不利，防禦根本趕不上。

假莎緹拉發出不成聲的哀嚎，斬擊毫不留情地抵達昴的腳。劇痛、鮮血的預感就如字面上的意思，即將發出淒厲到要吐血的喊叫——

「——到此為止。」

——貫穿屋頂，贓物庫中央燃燒的火焰降臨。

火焰帶著凶猛的陰氣席捲室內，連艾爾莎都停下了野蠻的行徑。

腳被放開，踩空的昴不禁一屁股坐倒在地。

在眼前噴發的滿室煙霧中，看到了火紅炙熱的光輝。

「看來是千鈞一髮，有趕上真是太好了。來——」

「你、你是……」

火焰搖晃，朝前踏出一步。

令昴和假莎緹拉，連艾爾莎都表情凍結的存在感。

集室內視線於一身，卻絲毫沒有動搖的絕對意志。

藍色瞳孔中映出純粹的「正義感」，青年微微一笑。

「拉上舞台的布幕吧——！」

將紅色頭髮往上梳，隻身前來的英雄放聲宣告。

4

化成風衝出入口的瞬間，菲魯特感覺自己從絕望中解放。

身後的大氣結凍聲、鋼鐵蹦裂聲飛舞散落，還有鈍器毆穿空氣，不時還有「嘿啊！」或「呼哇！」這類不像樣的迴避聲。

戰鬥還在持續。

逃跑的雙腳搖搖欲墜，菲魯特搖頭否定自己的混亂思考。

待在那裡，自己一定會沒命。

敵人連羅姆爺都能一擊打倒，菲魯特連報仇的一丁點機會都沒有。那個銀髮半妖精也一樣，沒有精靈的支援根本就無法與之較量。

昴更是廢柴沒用到不用看也知道下場。

外表明顯就是個未曾戰鬥過的門外漢，看起來也很不習慣戰鬥場面。手指平滑乾淨，應該是連武器都沒握過，整潔的黑髮和肌膚八成連受傷的經驗都沒有吧。

他就是所謂的溫室花朵，應該是個身分高貴，完全不需出戰的人。

而且還拿著昂貴的「流星」，這麼一想就很合理了。

只要覺得痛快就行了。不知人間疾苦，憑著一點俠義之心做出不自量力的舉動，自己只要嘲笑他的有勇無謀就行了。

昴是因為想要帥才讓自己逃跑，逃跑的人一定可以得救，一定可以——

「——來、來人幫幫忙啊！」

腦子雖然說選小路比較好，但菲魯特的腳卻衝進貧民窟通往大馬路的主要道路。一臉被逼到走投無路的表情，氣喘吁吁的菲魯特視線泅游不定。

好奇怪的感情，菲魯特用力擦拭淚眼婆娑的眼皮。如果是羅姆爺就算了，那個剛見面沒多久的少年死了又怎樣。

可是，他卻因艾爾莎的話憤怒地替自己出頭，剛剛也為了讓自己活下去而自願當棄子。

不明所以的感覺，可是菲魯特的心正因這樣而拔腿狂奔。

自己從少年的行動中感受到了什麼。因為那個「什麼」在不斷渴求熱情，所以菲魯特懷著想叫喊出來的激情持續奔跑。

然後，在穿越好幾條通道後，她——

「——拜託，幫幫忙。」

「知道了，我來幫妳。」

遇到猶如紅色火焰的青年——改變了世界的命運。

5

「……萊因哈魯特？」

「正是在下。昴，又見面了。不好意思來遲了。」

回看坐倒在地的昴，紅髮美青年──萊因哈魯特滿懷歉意地淺淺一笑。

連拍去塵埃的動作都洗鍊無比，和在巷子裡面對頓珍漢三人組不同，昴感覺碰觸到他本質的一部分。

萊因哈魯特以毫無破綻的舉動看向前方，凝視對自己滿懷敵意的黑衣麗人。突然，那湛藍的瞳孔像是想起什麼而眯起。

「黑髮黑衣，手持彎成く字形的北國特有刀劍──從這些特徵看來，不會錯的，妳是『掏腸者』吧。」

「怎麼會有這麼聳動的綽號……」

「是從殺人方式的特徵取的。她不但是個危險人物，連在王都都是無人不曉的知名人士。雖然她只不過是名傭兵罷了。」

禮貌地回應昴的喃喃自語，萊因哈魯特用透徹的藍眼緊盯著艾爾莎。

「萊因哈魯特──對喔，騎士中的騎士，擁有『劍聖』的血統。太棒了，有這麼多叫人愉快的對手。我得感謝雇主呢。」

「我有很多事想向妳打聽，勸妳乖乖投降。」
「滴血的上等獵物就在面前，卻叫飢餓的肉食野獸忍耐？」
紅舌妖豔地舔舐薄唇，艾爾莎用恍惚的眼神凝視萊因哈魯特。萊因哈魯特承受她的視線，傷腦筋地抓抓臉。
「這樣啊。昴，你離遠一點，然後帶那位老人家到安全區域。還有，若你待在那位小姐身旁的話我會很感激。」
「了解。那個女人強得像怪物，你可別大意喲？」
「很幸運的，狩獵怪物是我的專長。」
留下可靠的話，萊因哈魯特豪氣干雲地邁步。
他沒有碰懸在腰際的劍，而是空手前進。
「——喊！」
釋放銳利吐息，艾爾莎手上的庫克力彎刀瞄準他的脖子一閃。
奔馳的銀色跟對待昴一樣毫不手軟，連空氣都能殺掉的一擊襲向萊因哈魯特的細頸。相對的萊因哈魯特毫無防備，別說防禦了，連採取迴避的姿態都沒有。
啊啊，這樣下去萊因哈魯特的頭就會飛走。昴幾乎看到這樣的幻覺，但……
「面對女性，我是不想太粗暴的……」
也許是心理作用，萊因哈魯特的紳士開場白音調降低。

「──失禮了。」

僅是踩踏地板就破裂，踢擊強大到足以產生衝擊波，吹飛艾爾莎。

爆風的餘波也襲向昴，昴驚愕到說不出話。

毫無奇特之處的前踢，生出撼動房屋的強風。直接承受的艾爾莎就像樹葉一樣飛走，用牆壁當踏腳處才停下來。而且採取守姿的艾爾莎臉上也顯現著驚愕。

「不不不不會吧，真的假的……這是怎樣。」

雖然超乎常理這個詞在今天用了很多次，但如今昴在這兒初次確信他完全搞錯了這個詞彙的定義。

超乎常理這四個字，完全是為了眼前的英雄而存在。

在他的面前，至今在這個異世界目睹的一切現象全都不算什麼。

「如傳聞……不，你根本是超越傳聞的存在。」

「能否算是回應妳的期待了呢？」

「你不用腰上那把劍嗎？我想品嚐看看傳說的鋒利。」

艾爾莎指著萊因哈魯特的劍，渴望與認真的他對峙。但是，萊因哈魯特卻搖頭拒絕她的希望。

「這把劍只有在該出鞘的時候才會出鞘。既然刀身沒有出鞘，就代表還不到那時候。」

「我被看扁了呢。」

「就我個人而言是個為難的判斷，所以——」

視線突然移開，萊因哈魯特環顧贓物庫，然後看到立在牆壁上的老舊雙手劍。他腳踢劍柄，輕易地抓住旋轉的劍，輕輕揮舞確認手感。

「就用這把劍和妳應戰，還有不滿嗎？」

「——沒有。啊啊，好棒，太棒了。要讓我盡情享受喔！」

面對握住武器的萊因哈魯特，艾爾莎先發制人朝旁轉動身子。

她的斬擊加上跳躍的速度，站著承接的萊因哈魯特將劍由正下方拔出格擋。昴清晰地捕捉到剎那間的攻防。

令人感受到神聖的魔技，萊因哈魯特的斬擊精鍊無比。

連他手中沉眠在近郊倉庫、粗製濫造的劍，都綻放出宛如出現在代代相傳神話中的寶劍光輝。

將灌注在這把劍的性能毫不保留、完全發揮出來的劍技。

萊因哈魯特的劍刃準確命中庫克力彎刀的刀刃——雖然是鋼鐵之間的衝突，但那超乎尋常的切斷力就像舔過刀身一樣奪去艾爾莎手中的武器。

手中武器的末路令艾爾莎無話可說。

只有刀身被切斷的彎刀徒留刀柄。

「既然失去武器，我勸妳投降。」

回頭看的萊因哈魯特單手抓住被切斷的刀身。

扭轉手腕扔出刀身，碎刀插進牆壁發出尖銳的聲音。艾爾莎吞嚥口水的聲音，連昴都聽得見。

「太異於常人了，我連開玩笑的力氣都沒了。」

擠出聲音發表感想後，昴興奮地遠離戰場。

跑近倒地不起的羅姆爺身旁，搬動巨軀靠在牆壁上。

「羅姆爺、羅姆爺，喂，禿子，喂，還活著嗎？」

「嗚嗚……你說誰……是禿子……」

「當然是你啊，還有其他人嗎？我的人生目標就只有不要變禿子和胖子，你對我來說可是一個反面教材啊。」

雖然微弱但還是有回答。拍拍他的額頭，昴安心吐氣。

除了頭部吃了強烈一擊外，羅姆爺的身體似乎沒有問題。雖然記憶有點不行，但只要命還在那就是小問題。

「那個人沒事吧？」

衝向昴的假莎緹拉問。

銀色長髮在背後流洩，假莎緹拉檢查昏倒的羅姆爺的傷勢，喃喃地說「這個不治療不行」，手掌開始凝聚淡淡的藍色光輝。

「喂喂，我先跟妳說，這個老爺爺跟偷妳徽章的小妮子是一夥的喲？」

「所以啦，如果我治癒他，就能以要他回報恩情的方式打聽出情報。面對救命恩人想必他也不會說謊，所以我這麼做是為了我自己。」

不一一解釋清楚就沒辦法將自己的行為正當化嗎？

朝長篇大論找藉口的莎緹拉苦笑，昴的視線望向戰場。

看不見依舊屈膝的艾爾莎的表情。萊因哈魯特判斷她失去戰意了吧，放下手中的破劍毫無防備地走近她。

這是對技量差距有自信才有的舉動，但產生傲慢之心通常會帶來最壞的結果。昴的心中警笛大響。

「她還有第二把刀，萊因哈魯特！」

萊因哈魯特身子後仰，從艾爾莎腰部拔出的第二把庫克力彎刀切斷了些許紅色瀏海。發動奇襲卻被閃過的艾爾莎，用那雙黑瞳看向昴。

「你可真清楚。」

「因為我有親身經驗！」

豎起中指為不值得自豪的事自豪。艾爾莎似乎判斷那是玩笑話，不屑地說：

「只不過，我的獠牙不只兩根……夠格跟你一較高下嗎？」

「要我砍掉妳全部的武器，妳才滿意？」

「獠牙沒了還有利爪，利爪沒了還有刺骨，刺骨沒了還有一條硬命——這就是『掏腸者』的做法。」

「既然如此，只能拆了妳的招牌了。」

從腰部拔出第三把刀，架著兩把刀的艾爾莎再度跳躍。蜘蛛女，正如昴所罵的，艾爾莎用無視重力的機動力盡情在室內奔走。

彎刀與劍交錯，鋼鐵的激烈衝突使火花四濺。不是踢牆就是踢天花板，艾爾莎重複打帶跑戰術。萊因哈魯特迎戰反擊。

一進一退的攻防在眼前展開，昴除了屏息觀戰別無他法。

「萊因哈魯特該不會欠缺絕招吧……」

艾爾莎的本領已經超越人類的領域，連用肉眼追蹤都很困難。不過與之對峙的萊因哈魯特，其實力根本就是傳說級。

兩個超人的激烈衝突無庸置疑，但昴看得出來萊因哈魯特贏在實力上。也因為這樣，現狀令昴不住思索。

「……他是在顧慮這邊吧。」

治療羅姆爺的假莎緹拉低語，回答了昴的疑問。「咦？」昴發出疑惑的聲音。斜眼看了昴一眼，假莎緹拉氣憤地咬唇。

「因為我在使用精靈術，所以他拿不出真本事。至少要等到我治療完。」

「這之間有什麼因果關係嗎？」
「萊因哈魯特如果打算認真戰鬥，大氣中的瑪那就不會理我——快治療完了，等我打信號，就告訴他。」
「啊，喔。」
雖是不得要領的說明，但被要求的昴儘管困惑也只能答應。
藍色光輝持續治癒羅姆爺頭上的腫傷和輕微出血。血跡和傷口逐漸消失，在感嘆不已的昴面前，假莎緹拉深深吐氣。
「麻煩你了。」
「交給我吧。萊因哈魯特！雖然不清楚，但上吧！」
昴朝採取守勢的萊因哈魯特投以治療完畢的信號。
萊因哈魯特僅用視線瞥了一眼，在和昴的視線對上後微微點頭回應。
「——要讓我見識什麼嗎？」
「阿斯特雷亞家的劍擊——」
面對艾爾莎雀躍的發問，萊因哈魯特簡短嚴厲地回答。
——之後，昴覺得贓物庫裡頭的空間彷彿被拉扯扭曲。

6

「啥？」

視野中的大氣歪斜，不知是否是心理作用，房間的亮度變得更暗。

不僅如此，原本因連續施展冰結魔法而降低的氣溫又降得更低，身體不自覺地發抖，昴抱住自己的肩膀。

「咦？啊咧？奇怪。」

「對不起……肩膀借我一下。」

銀髮少女靠了過來，昴連忙撐住她。

纖弱的身軀滾燙發熱，昴知道自己心跳狂舞的原因跟至今都不一樣。可是看到假莎緹拉的表情，那種身為男孩子的感慨瞬間就飛走了。

少女重複急促輕淺的呼吸，看起來十分痛苦，簡直就像發高燒的病人。

「怎麼了，身體狀況突然變差……」

「不是的。是瑪那……你懂吧？」

——完全不懂啦。

雖然很想雙手抱胸如此斷言，但現在的氣氛不適合。

而且封住昴的話的並非靠在肩膀上的重量，而是室內驟變的氣氛——相當於源頭的存在。

站在房間正中央，萊因哈魯特採低姿勢架著雙手劍。

不，架勢本身應該是打從戰鬥開始就一直有擺出來。應該是這樣的，但昴卻以肌膚感受到，眼前的光景才適合稱作「初次持劍擺勢」。

「『掏腸者』艾爾莎・葛蘭西爾特。」

「──『劍聖』後代，萊因哈魯特・范・阿斯特雷亞。」

驚人劍氣充斥室內，面對面的兩人的戰意震動空氣。

艾爾莎舔唇報上姓名，萊因哈魯特也嚴肅地頷首回應。

在這幾近化為廢墟的場所，黑衣殺人犯和輕裝英雄相對，互相糾纏的鋼鐵分別是染血的短刀和鏽蝕的老舊雙手劍──儘管如此，昴還是倒吞一口氣。

互相報上名號，準備對打的兩人。

那樣的姿態熠熠生輝，簡直就像英雄傳說中的一個章節。

「──喝！」

屏息的吶喊是艾爾莎還是萊因哈魯特發出的，亦或者是昴叫出口，沒人知曉。

極光撕裂失去屋頂的贓物庫，連同空間切為兩半。

世界錯位了，眼前的光景只能這麼想。釋放出的極光在一瞬間佈滿室內，等光芒黯淡後世界產生劇烈變化。錯位的空間為了恢復原狀而開始收攏，足以歪曲空氣的威力餘波化為暴風肆虐屋內。

洶湧的颶風捲起贓物、家具、廢材大鬧一通，昴拚命保護假莎緹拉和羅姆爺的巨軀免受這二次災害。

「啥鬼——!?喂、喂、喂——!!」

不明白暴波的意義，雖然不明白但知道原因。

「劍聖」只是全力揮劍——光是這樣就有如此威力。

放聲大喊，忍耐痛楚和風壓。不久，暴風威力減弱，被吹散的廢材和贓物落地的聲音，和房屋傾頹的沉重聲響產生連鎖，最後宣告終結。

扔掉掉在頭上像是掛軸的殘骸，昴確認方才自己挺身保護的兩人是否平安無事。可能防禦不夠，羅姆爺有被牛奶或其他東西給弄髒，不過這算小事。

「什麼狩獵怪物是你的專長，你不就是個十足的怪物嗎！」

「被你這麼一說，就算是我也會受傷的喔，昴。」

破壞的原因苦笑，萊因哈魯特回頭這麼說道。

宛如燃燒的紅髮被暴風吹亂，連清爽的臉龐也在冒汗。還有手中的雙手劍——

「讓你太勉強了，好好安息吧。」

雙手劍在手中逐漸崩解。那把粗劣的爛劍無法承受萊因哈魯特認真的一擊，而紮實承受足以令鋼鐵劍刃朽化的艾爾莎……

「不要說屍體，連個影兒都不留……這就是只揮個劍的現場？」

彷彿連同世界一併切開的斬擊過後，現場真的什麼也不剩。

破壞自贓物庫入口附近的櫃檯開始，餘波波及到倉庫前面的廣場。瘋狂吹捲的暴風毀掉整排房屋的建材，建築物如今看起來隨時都會倒塌。

艾爾莎原本站著的位置當然也在斬擊範圍內，裹著黑衣的修長身影已不在。

「不過這樣總算……」

伸展緊張到處處僵硬的身體，昴大口吐氣。

然後為了確認實在是沒有真實感的事實，他想到隔鄰的存在。

靠著昴肩膀的銀髮少女——假莎緹拉還在重複略微輕淺的呼吸，但注意到昴的視線後，藍紫色的瞳孔看向他。

「順利結束了？」

「嗯，是真正結束了。」

回答虛弱的問話，昴撐起試圖站立的少女。站起來的少女梳理自己的銀髮，憑藉搖搖晃晃的雙腿離開昴的庇護。

昴頻繁地望著離開自己雙手的假莎緹拉。

「幹嘛一直盯著我看？這樣非常失禮。」

「手腳還在，脖子當然也還接在身上。」

「……這是當然的吧？可以不要講那麼恐怖的話嗎？」

昴的感想在假莎緹拉聽來根本是不明所以吧。

假莎緹拉瞪過來的眼神充滿不悅和懷疑，昂豎起大拇指，牙齒反射光芒。

「對啊，理所當然。我的手腳當然還在，背後也沒長著刀子，肚子更沒有開了一個大大的風洞！」

「講得像是你有段時間長過刀開過洞的樣子。」

——是真的有啊。

昂不但幫不上忙，還害假莎緹拉失去性命，羅姆爺的手臂和頭飛出去，菲魯特也被一刀砍得慘兮兮。

「話說回來，萊因哈魯特，我都還沒向你道謝。真的是得救了。先前在巷子裡也是，你是聽見了我的心之吶喊嗎？吾友。」

「如果聽得見我就能自豪了，朋友。」

聳肩的萊因哈魯特滿臉過意不去，接著用下巴的動作示意某個方向。

順著他的動作看過去。

「喔！」

看到那邊的人，昂感覺自己的嘴巴不自覺地微笑。

贓物庫原本的入口已經消失不見，躲在勉強殘存的柱子後方，畏畏縮縮看過來的，是有著虎牙和醒目金髮的少女。

「她拼命地在巷弄裡來回奔跑，然後向我求助。我會來這裡都是多虧了她，之後就只是完成騎士的任務而已。」

「騎士的任務？你是說劃平破舊的廢屋嗎？」

「那樣講不會太惡劣了嗎？昴。」

被戳中痛處，萊因哈魯特伸手按住胸膛。製造出這樣的慘狀，卻還是一樣平易可親，令人感到沒來由的恐懼。

「那孩子……」

假莎緹拉也在搖晃的步伐中注意到了菲魯特的存在。為了保護菲魯特，昴繞到假莎緹拉面前。

「等一下等一下，如果不是那傢伙叫來萊因哈魯特，我們一定早就全滅囉？看在我的面子上，別對她使用冰雕之刑。」

「我才不會那麼亂來呢！是說，什麼叫看在你的面子上……」

假莎緹拉搓揉眉心，似乎是累了。

連那樣的一個舉動，都叫昴心生喜悅。

像這樣雙方都存活的狀態，才能用俏皮話逗她。

「之後就靠我的交涉本事……那才是最不能信任的！」

「你打從剛剛開始就在幹嘛？慌慌張張又坐立難安，難看死了。」

含刀帶劍的一句話，讓昴也做出按住胸膛和萊因哈魯特一樣的動作。但昴做起來就只有滑稽，完全沒有他那樣的英姿凜凜。

看到這樣的互動，萊因哈魯特輕笑但不會讓人感到不快。然後他舉起一隻手，走向一直默默窺視這邊的菲魯特。

他颯爽的背影甚至激不起嫉妒心，昴只能沮喪。這就是受歡迎的人和沒有人緣的人之間的差異嗎？雖然有所警戒，但感覺對方回應求救有恩於自己，所以菲魯特不打算逃離走近的萊因哈魯特。

情不自禁地微笑，昴望著他們兩人——

「——昴！」

突然撇頭看過來的萊因哈魯特大叫，昴領悟到大家尚未脫離險境。

「——哼!!」

廢材飛起，底下出現一道黑影。

影子騰起黑髮，滴著鮮血用力踏出步伐好讓身體加速。

緊握變形的庫克力彎刀，無言奔馳的人正是艾爾莎。

「這傢伙——！」

躲過那殘酷的斬擊，撿回一命的殺人犯目光盡是黝黑。

跟之前面對面時相比，釋放出的殺氣宛如在昴的背上插進冰條。

離接觸僅剩數秒，這段期間昴的大腦拼命運轉思考。

一瞬間的邂逅。就賭在這一擊。萊因哈魯特趕不上，只要避開這一擊，萊因哈魯特就來得及幫忙。沒有回頭探望假莎緹拉的餘裕。艾爾莎瞄準哪裡？兩次的體驗，兩次的死亡，恐怖、痛楚，第三次，我要保護她。

——保護她!!

「目標是肚子啊——!!」

撞飛假莎緹拉好保護她，拎起還在手中的棍棒迅速擋在肚子前方——接著是衝擊。

橫切一刀的威力與其說是斬擊，更像是用厚重鈍器敲擊。

撞向腹部的衝擊讓雙腳離開地面，昴邊吐血邊品嚐世界旋轉一百八十度的感覺。視野在旋轉，因為被打飛的身體在旋轉。

也不知道飛了多遠，就在沒法防護身體的狀態下用力撞上牆壁。

「又是這小子來礙事——」

看著飛出去的昴，艾爾莎惱怒地咋舌。

「到此為止了，艾爾莎！」

領悟到在衝過來的萊因哈魯特面前，繼續戰鬥毫無意義。

艾爾莎朝萊因哈魯特扔出因最後一擊用在昴身上導致完全彎曲的庫克力彎刀。雖然準頭偏很遠，但有確實完成牽制的任務。

「總有一天，我會切開在場所有人的肚子。在那之前，你們可要好好保養腸子喔。」

以廢材為立足點，艾爾莎爭取到足夠的跳躍時間。

要追擊踩著屋頂、身輕如燕越過建築物的窈窕身影會很辛苦。不期望再闖戰場的萊因哈魯特決定不追上去。

目送遠去的背影，萊因哈魯特跑向銀髮少女。

「您沒事吧──」

「我無所謂吧!?比起我……」

假莎緹拉鞭策搖晃的雙足──走向頭下腳上倒靠牆壁的昴。

「你沒事吧!?太亂來了！」

「喔、喔喔喔……輕、輕鬆獲勝。那場面也只能亂來了吧？能動的只有我，又還偷偷猜中那傢伙立刻瞄準的目標。」

舉手制止一臉擔心衝過來的假莎緹拉，昴輕輕撫摸吃了一擊的肚子。非比尋常的撞擊傷，掀開衣服就能看到一片黑紫。

嗚嗚嗯。看到那可怕的傷勢，昴吐舌然後把身體翻正再站起來。

「這次不能算是完美結局吧？」

「對不起，昴。剛剛是我的疏忽，要是沒有你的話就危險了。若是讓這位大人受傷事情可就……」

「慢著，等等等一下，別說、不要說、不准說！接下來禁止發言。我都這樣裝模作樣了，要是從你嘴巴聽到就不算得到回報。」

制止正要謝罪的萊因哈魯特後，昴朝著噤口的他微笑。然後用緩慢的動作回過頭，和仰望自己的銀髮少女視線相對。

她轉動身體站起來，兩人的距離只有兩步遠，伸出手就能碰到對方。繞了好大一圈啊。回想一路走來的歷程，昴深深感慨。

就在昴冷不防地閉上眼睛陷入沉默的時候，少女好像想說什麼的樣子。

但在少女開口之前，昴搶先一步用手指著天空。

他左手插腰，右手直指天際，毫不在意周圍的驚訝視線，放聲大喊。

「我的名字是菜月昴！我知道妳有很多想說的話和想問的事，但在那之前先聽我說！」

「幹、幹嘛啦……」

「本大爺，是方才保護妳不受凶刃所傷的救命恩人！到這邊ＯＫ嗎!?」

「喔ㄎㄟ？」

「就是可以嗎的意思。重來一遍，ＯＫ嗎!?」

昴活動上半身比出O和K，銀髮少女表情僵硬地回答：「喔、喔ㄎㄟ。」

「身為救命恩人、救援大隊的我，向被我所救的女主角要求相應的謝禮不為過吧？對嗎!?」

「……我明白了。但我有條件，必須要是我辦得到的事。」

「很——好——我的願望只有一個，Ｏｎｌｙ　Ｏｎｅ！」

豎起一根手指比劃，嘮哩嘮叨地強調。

昴的話令少女的眼神不安，但她還是下定決心點頭。

「好，我的願望是——」

「嗯！」

牙齒反射光線，彈響手指，立起大拇指做出帥氣的表情。

「——請問芳名？」

少女驚訝到整個人呆住，藍紫色的雙眼瞪得大大的。

片刻的沉默落在兩人之間。昴的眼神堅定，筆直地凝視站在眼前的銀髮少女。然後……

「呵呵！」

手掩著嘴角，白色臉頰泛起紅潮，晃著銀髮的少女笑了。

不是自暴自棄的笑容，也不是短暫虛幻的微笑，更不是懷著覺悟的悲愴笑顏。而是純粹因為快樂而笑，單純無比的燦笑。

「——愛蜜莉雅。」

「喔……」

聽到接在笑聲之後的單字，昴只是小聲吐氣。

昴的反應令她端正姿勢，手指貼著嘴唇俏皮地笑。

「我的名字是愛蜜莉雅，就只有愛蜜莉雅而已。謝謝你，昴，謝謝你救了我。」

愛蜜莉雅伸出手。

俯視伸出來的透白之手，戰戰兢兢地觸碰。手指好細，手掌好小，纖美又非常溫暖，是活生生的女孩子的手。

——謝謝妳救了我。

想這麼說的不是只有她，昴也是。是昴先接受了她的恩惠，只是到剛剛才終於回報。

總計三次因刀傷死亡才得到的結果。

傷得那麼重，感嘆這樣多，痛得唉唉叫，賭上性命在戰鬥中存活，得到的報酬是她的名字和一個笑容。

啊啊，多麼——

「唉呀，真是划不來呢。」

昴說著說著也笑了，然後用力回握少女——愛蜜莉雅的手。

7

——事情在此完結的話，就算是好的結果。

「話雖如此，沒想到昴你竟然能安好無事。」

是在等他和愛蜜莉雅的對話告一段落吧。

被要求閉嘴的萊因哈魯特對昴平安無事感到有點驚訝。從他那樣的高手看來，艾爾莎的最後一擊似乎很了得。

昴輕輕按住疼痛的腹部，然後指著倒在地上的棍棒。

附有尖刺的棍棒，如同粗大堅固的外觀成了一個良好的盾牌。雖然跟原本的用途不同，但還是不錯用。

「原來你馬上拿這個來防禦啊。沒有它的話，身體早就變兩半了。」

「對啊，要是沒有這個——」

BAD END 4的發生就無法避免。昴若無其事地笑了，萊因哈魯特也跟著露出笑容，泰然自若地撿起棍棒。

「唉呀。」

手中的棍棒出現平滑的斷面，發出鈍響掉落地面。

從正中央被分成兩半的它，完美地終結任務。

萊因哈魯特貌似尷尬地慢慢轉頭看向昴。

昴也跟著他的視線，同時感受到不好的預感。掀開衣襬，身體還是和剛剛一樣因為撞傷而呈現深紫色淤青，但現在卻產生變化。

——突然拉出一條紅色橫線。

「啊，糟糕，這個連我也知道會怎樣。」

戲言說完，銳利的痛楚以先鋒之姿造訪。

然後下一秒——昴的腹部橫向裂開，噴出大量的鮮血。

「——等等，昴!?」

近在身旁的愛蜜莉雅發出走投無路的聲音。

啊啊，好不容易問到她真正的名字，卻一個弄不好又要死了。

視野大幅傾斜，身體可能倒地了吧。

——但即使這樣，我還是會再來這裡的。

萊因哈魯特面露焦急，愛蜜莉雅貼在眼前的漂亮面容塗抹成悲痛的表情。

——啊啊，就連著急也很可愛啊。奇幻異世界萬歲。

用不知跟哪次一樣的感想做結尾，劇痛和震驚如怒濤沖走昴的意識。

終章　『月亮都看在眼裡』

遠望淡淡的藍色光芒——掌管治癒的水之波動，萊因哈魯特的嘆氣輕到周圍的人都無法察覺。

端正的側面浮現憂慮，戰鬥的痕跡還微微殘留在衣著上。若將他佇立在廢墟前的姿態擷取下來，光是這樣就足以成為一幅名畫。

但是，他本人卻是用盡言語也不夠表達內心的遺憾。

「——好，這樣就沒事了。」

閉上眼睛責備自己的萊因哈魯特，耳膜被宛如銀鈴的聲音敲擊。

做出像是擦拭額頭的動作，輕輕撥開靠著牆壁的昴的瀏海，確認昴的臉龐已有血色。起身的愛蜜莉雅點頭，轉過身來。

「嗯，治療完畢。看樣子是越過危險期了。」

「那真是再好不過。除此之外，愛蜜莉雅大人……」

快步走近心滿意足的愛蜜莉雅，萊因哈魯特跪在她腳邊垂下頭。一舉一動都毫無停滯，每個動作都完美地遵照禮儀。

「此次由於在下的不成熟，令愛蜜莉雅大人耗費極大辛勞，在下甘於承受對此失態的任何懲罰。」

腰上的配劍置於立起的膝蓋前方，萊因哈魯特為自己的失態謝罪。

這是騎士表示最大歉意的方式。而且萊因哈魯特還做好不論被處以多大懲罰都樂意承受的覺悟。

但是，銀髮少女揮動食指，不開心地嘟起嘴巴。

「你們這種地方，我實在是搞不懂呢。」

「是？」

「你在危險的時候出手相救，所以大家才能像這樣平安無事地跨越生死鴻溝。可是你卻打算將這期間勞苦和疼痛的責任全都攬在身上。」

愛蜜莉雅豎起的手指，指向露出安穩睡容的昴。

「那個人也一樣不夠老實。說什麼因為救了我一命所以跟我要謝禮，結果卻是要求跟欲望無關的回禮。」

請問芳名。萊因哈魯特也看到昴做作這麼說的樣子。回想起來愛蜜莉雅忍俊不住，萊因哈魯特的嘴唇也揚起微笑。

「所以，謝謝你救了我。我要對你說的只有這句。因為我找不到你犯了什麼罪，所以也無從懲罰。如果不能接受，那下次救人的時候多加留意吧。」

「——明白，感激您此番話語。」

頭垂得更低，表達完敬意後萊因哈魯特站起身。

彼此正面相對後，個頭高出許多的萊因哈魯特就必須俯視才看得到愛蜜莉雅。儘管如此，方才所感受到的差距是什麼呢？

是氣度的差距吧。萊因哈魯特領悟到自己的器量有多狹窄。

果然愛蜜莉雅才是「被欽選之人」，他再次確認到這點。

「對了。因為你來搭救我才想到……你為什麼會來這？」

「今天放假，我漫無目的在王都閒逛。要是擅自巡邏監視會被團長罵，所以我真的只是在散步……後來見到了他。」

邊回答愛蜜莉雅的疑問，萊因哈魯特邊用視線示意睡著的昴。

萊因哈魯特會趕上千鈞一髮的場面，可以回溯到和昴的邂逅。

在巷子裡交談的過程，得知昴在尋找的人的特徵以及「贓物庫」這個地名。已知和未知的情報重疊，追蹤的過程中萊因哈魯特也踏入貧民窟。

「中途就遇到她，接下來的發展就如您所知。」

「是嗎，遇到她啊。」

名字出現在話題中，愛蜜莉雅的視線轉向廣場角落——投射在還在那裡照顧意識尚未恢復的老人——菲魯特身上。

金髮少女感受到視線，回過頭，尷尬地垂下眼簾。

「愛蜜莉雅大人，您和她……」

「萊因哈魯特，這次你出了很多力，我很感激，謝謝你救了我。不過除此之外要拜託你，接下來的事都不要插嘴。」

被強硬的口氣要求，萊因哈魯特放棄提問。

愛蜜莉雅閉上眼睛，像是猶豫該怎麼對菲魯特開口。凝視愛蜜莉雅美麗的側臉，萊因哈魯特小聲吐氣。

「在下不會探問詳情，但請您務必保重，多留意身邊周圍。回程我會差遣騎士前來，請讓他們同行。」

「就算你說要保重，但到這地步我覺得都一樣了。就麻煩你了。」

「明白。」萊因哈魯特回答。順著愛蜜莉雅含笑的視線看過去，看到一臉安適熟睡的昴。

「請問——您和昴是什麼關係呢？」

「偶然遇到。」

如此迅速的回答，萊因哈魯特不禁覺得敗興。

可能是他倒退的樣子很好笑吧，愛蜜莉雅嘴角上揚。

「可是，我真的只能說是偶遇，我不記得之前曾在哪裡遇過昴。方才，這裡應該是我第一次見到他……」

「可是他在找您，說是有東西想交給您。事實上，他就如您所言置身在現場，而且……」

捨身保護了愛蜜莉雅。但萊因哈魯特卻噤口，沒把話說完。

因為他覺得要是如此高聲主張，等於貶低了他崇高的行為。

「所以才不可思議呀。我剛剛還懷疑他是不是跟那個變態有關係呢。」

「請不要說羅茲瓦爾邊境伯的壞話。那位大人是位了不起的人物，雖說確實有點怪裡怪氣……」

「當我一說變態你就聯想到他的時候，就代表你是怎麼看待他了。」

「……是在下失態，還請對羅茲瓦爾伯保密。」

「好好好。」萊因哈魯特眨眼表明歉意，愛蜜莉雅含糊地回答。接著他再度將話題帶回昴身上。

「他的身分要如何處理？不嫌棄的話，我可以邀請他到寒舍作客。」

「……不了，由我帶他走。他很清楚事情的來龍去脈，就算他和那個變態無關，救了我依舊是不變的事實。」

愛蜜莉雅用「謝謝你的關心」做結尾，萊因哈魯特以眼神致意。

於是，兩人的對話算是告一段落。之後就是派騎士護送愛蜜莉雅平安返回宅邸，還有必須進行現場的善後處理。

望向崩毀的贓物庫，看見那極大的損害，萊因哈魯特閉上眼睛。

還是一樣缺乏自制力，真痛恨這樣的自己。只要稍微估算錯誤，力道就會造成這種狀況，要是一個不好就會消滅這一帶。擁有這樣的力量，就必須戒慎自律。

「這裡要怎麼處理？」

「周遭暫時禁止他人進出，還有頒佈她——『掏腸者』的通緝令。原本她就是個心懷鬼胎、傳聞不斷的人物，所以即使這麼做很有可能還是徒勞無功。」

「那個女孩和老爺爺呢？」

「……雖然不清楚事情始末，但以我的職務來說，她和那位老先生做的事情是不容寬貸的。不過——」

中間停下來換口氣，萊因哈魯特輕輕聳肩。

「我今天排休。附帶一提，若沒有被害者的指控，在證據不充分的情況下案子很難成立。哈哈，沒有啦，畢竟我真的不清楚來龍去脈。」

「呵呵，壞壞騎士大人。」

「不敢當，這是被稱為騎士中的騎士應該有的男兒本色。」

萊因哈魯特用和藹的態度這麼說，愛蜜莉雅手摀著嘴角笑了。就這樣笑了一陣子，當笑容停歇時，愛蜜莉雅的思緒似乎也集中起來。

她邁步走向照顧老人的金髮少女。察覺她接近的少女也抬起頭，懷著覺悟重新面對她。

「那位老爺爺，是妳的家人？」

愛蜜莉雅彎腰詢問，讓視線和蹲著的菲魯特平行。

聽到問話菲魯特一臉錯愕，應該是因為愛蜜莉雅說的話跟她料想的不一樣吧。即使是不了解兩人的萊因哈魯特，也可以窺知她們之間並沒有友好深交的積累。

一開始就碰釘子的菲魯特抓抓臉，重新打起精神，然後為了掩飾害臊而拍打睡在旁邊的老人的頭。

「是、是像家人一樣啦。羅姆爺對我來說，是唯一……嗯，像爺爺一樣的人。」

「是嗎？我也只有一個家人。他在關鍵時刻睡著，不過當他醒著的時候我是絕對不會說這種話的。」

「我也是，羅姆爺醒著的話我也不會說。」

或許是心理作用，打老人的力道越來越大。是下意識的吧。速度變快，白色禿頭開始變紅。

接著菲魯特仰望愛蜜莉雅，紅色雙眸點亮微弱的光芒。

「我本來以為妳會兇我。」

「是啊。照先前那樣的話，我可能會那麼做。或許是被嚇到了吧，所以雖然只有一點，但就看在那個人的面子上算了吧。」

沒辦法。苦笑後愛蜜莉雅聳肩。

她那樣的態度，和指向睡著的昴的動作，令金髮少女低頭半晌，然後小聲道歉。

「對不起。妳救了我一命，我不會做出知恩不圖報的事。偷來的東西我會還給妳。」

「嗯，那樣的話幫了我大忙。我也是，唆使那位大哥逮捕妳的話會很過意不去。」

對她眨眼的愛蜜莉雅，用手比向身後的萊因哈魯特。對照她這番話和紅髮青年，菲魯特的臉皺成一團。

「騎士中的騎士。和那樣的人玩躲貓貓會瘋掉。我還是第一次看到有人的腳程比我快，嚇死我了。」

聽到那番話，萊因哈魯特沉默地微笑。菲魯特小聲咂嘴，站起來走到愛蜜莉雅面前。手探進懷裡擺弄，同時朝同樣站起來的愛蜜莉雅說：

「來，還妳。既然很重要，下次就要藏好免得被偷。」

「被妳告誡感覺還真奇怪……可以的話，不只這次，希望妳以後別再做這種事。」

「那是不可能的。先說好，這次是因為妳是救命恩人我才還妳，但我可不覺得自己有做壞事，也不打算收手。」

不講情面地拒絕愛蜜莉雅的希望，菲魯特的表情浮現頑強的笑容。

以少女的年齡來說，那側面讓人感到悲痛。聽著菲魯特宣告自己的見解，萊因哈魯特還是無言並接受。

他知道在職務上，這是絕不能寬容的狀況，但誰有資格去評斷少女該採取什麼樣的生活方式。說不出對策只是堅持論點是過於自私的行為。

能夠思考到這種程度，是因為萊因哈魯特見過王都的狀況。

這點愛蜜莉雅也察覺到了吧。她有點難過地垂下眼神，沒有追究地對她伸出手說：

「我知道了……妳可真固執。」

「什麼都不做食物就會自己跑出來的話，那我可能就不幹了。好啦，拿去。」

菲魯特將取出的東西放在手掌上，準備歸還給愛蜜莉雅。

一瞬間，紅色閃光掠過萊因哈魯特的瞳孔。對那道眩光有印象的他，剎那間瞇起眼睛在記憶之海中搜尋。

然後找到了符合的記憶。

「——咦？」

「萊因哈魯特……？」

少女握著徽章的手，被他從旁邊一把抓住。

兩名當事人眼露驚訝。她們一齊仰望萊因哈魯特，然後在他認真的神情面前卻又說不出話來。

「很、很痛耶……放開我……」

菲魯特吵鬧搖頭，用微弱的動作抵抗。但是，萊因哈魯特握著的力道卻不見鬆緩。認真起來足以捏爛鋼鐵的力氣，即使斟酌減小，瘦弱的少女依舊掙脫不開。

「竟然有這種事……」

顫抖的低喃，發自萊因哈魯特的口中。

對這話有反應的人是愛蜜莉雅。藍紫色的瞳孔浮現動搖。

「等一下，萊因哈魯特。我知道要不究責就了結這事確實有困難，可是這女孩不知道徽章的價值。而且東西被偷的我不覺得有問題，畢竟被偷的我也有過失，所以放了她吧。」

「不是的，愛蜜莉雅大人。我覺得有問題的地方不是那件事。」

強硬的口吻從上方灑落，愛蜜莉雅一臉困惑陷入沉默。

激動到甚至忘了自己的態度對愛蜜莉雅很失禮，萊因哈魯特緊盯著手腕被抓的少女。紅色雙眸仰望髮色跟自己瞳色相同的青年，菲魯特的眼神充滿不安。

「……妳叫什麼名字？」

「菲、菲魯特……」

「姓氏呢？年紀多大？」

「我、我是孤兒耶，怎麼可能會有姓氏那種東西。年紀……大概十五歲左右吧，我又不知道自己的生日。好了，放開我！」

說話期間稍微恢復氣勢，菲魯特語氣粗魯開始亂動。但是萊因哈魯特巧妙地控制力道壓制少女，然後凝視愛蜜莉雅。

「愛蜜莉雅大人，在下無法遵守方才的約定。她就先交給在下。」

「……我可以問理由嗎？是要懲罰她偷徽章嗎？」

「那當然也不是輕罪……不過跟現在像這樣對眼前光景視而不見的罪孽相比，根本微不足道。」

困惑且無法理解，愛蜜莉雅皺起眉頭。

萊因哈魯特視她的困惑為無可奈何並接受，畢竟她只能去習慣這樣的狀況。察覺到背後真相的話才難受吧。

「請妳跟我來。不過不好意思，妳沒有拒絕的權利。」

「開啥玩笑……別以為救了人就可以得意忘……形？」

試圖口出穢言回應萊因哈魯特的話，但菲魯特突然失去平衡。

語尾變得奇怪，肩膀失去力量，菲魯特最後含恨地瞪向萊因哈魯特。

「下地獄去吧……王八蛋。」

詛咒完，菲魯特腦袋無力下垂。萊因哈魯特撐住失去意識的身體，然後將她打橫抱起。

「又是騎士不該有的作為……下手太重的話，『門』會留下後遺症的。」

「很幸運的，因為是與生俱來，所以我很擅長斟酌力道。愛蜜莉雅大人，您近期應該還會被傳喚，請見諒。」

從無意識的菲魯特手中溫柔地奪回徽章，遞向愛蜜莉雅。

仿效龍的徽章正是「親龍王國露格尼卡」的象徵物。在萊因哈魯特手中發出微弱黯淡光芒的紅色寶珠——在交到愛蜜莉雅手中的同時綻放出眩目光彩，簡直就像欣喜回到主人手裡。

「昴就麻煩您照顧了。」

萊因哈魯特朝收下徽章、沉默看著自己的愛蜜莉雅行禮。

感受懷中少女的輕盈重量，他突然伸手撥開遮住她額頭的金髮。天真粉白的臉蛋在不需要逞強的無意識狀態下，可愛得就像時下的少女。

換上華服洗去貧窮塵埃的話，想必很耀眼迷人。

強風吹拂，舞動萊因哈魯特的紅色瀏海。

從髮間仰望天空，已經浸淫在薄暮的王都上空——明月高照。

散發朦朧銀白光輝的滿月，它的美蘊含著說不出來的詭異魅力。

「今天恐怕是最後一次，能夠平靜賞月了吧——」

萊因哈魯特的呢喃，只傳到照耀他們的月亮那。

〈完〉

後記

從實體書開始看的讀者們，初次見面，我叫長月達平。
從網路文就在追的讀者們大家好，我是鼠色貓。
從哪邊認識的這點先擱置一旁，首先要感謝你們拿起這本書閱讀。

因為也有在想「什麼跟什麼」的讀者，所以我先說明一下。
本作品《Re：從零開始的異世界生活》原本是在網站「成為小說家吧」連載的作品，後來修改成實體書出版。
基本流程大致是沿用網路投稿版本，將語句修得更易讀，並增加事件，把女主角描寫得更可愛，讓男主角更加倒楣被欺負，就成了各位現在看到的版本。

我想不管是知不知道網路版的人，都會為以封面為首的多張美麗插圖喝采，不過要說喊最大聲的人就是作者我本人啦。銀髮女主角最棒！
畫出被折磨凌虐的男主角以及可愛女主角的，是大塚真一郎老師。大塚老師用滿到溢出來的設計力，描繪出連在作者腦內都沒有具體形象的登場角色時，故事中的人物才叫真正誕生。

也就是說我是媽媽，大塚老師是爸爸，共同創造出他們。
第一次合作的事業今後也會持續下去，還望仰賴各位的幫助。
我就在這直接說了，在店內站著看的人請買下本書。因為還會繼續出續集，所以請務必要買（笑）。

好啦，都有露骨直接的廣告文了，就來稍微接觸作品內容吧。
本作故事背景是奇幻異世界，也就是被歸在「異世界之旅」這類出過無數名作的龐大體裁中。
劍與魔法的奇幻世界，是所有男孩以及一部分女孩的憧憬。本作品的主人翁也是一名平凡如斯的日本男兒。
不會用劍也不會魔法，若是不努力運用智慧連體力都輸人。
在到處碰壁、走投無路的情況下，用不輕言放棄作為武器的主角，譜出鍥而不捨的故事。
如果不死心能當作武器，那要怎麼描寫呢——本作是其中一個答案。
主角不斷掙扎、焦慮，努力不懈能抓住什麼？我說什麼也想讓大家看看那個答案，而且很想高聲吶喊銀髮女主角最棒了。
因為作者的嗜好整個跑出來，所以就用道謝來轉換心情。

首先是將這部作品從網路小說界挖出來，用「出書試試看」的動人說詞邀請我的責任編輯池本先生。我對池本先生真的是感激涕零。

兩個大人在炸豬排店互相在對方的高麗菜上倒醬汁，同時用「要不要在女主角的名字後加個「醬（ちゃん）」一字互相牽制。吵這個是要幹嘛，但那樣的激辯在出書的喜悅面前成了美好的回憶，謝謝您。

還有在忙碌的行程中，以驚人速度完成插圖的大塚老師，每完成一張插圖都苦惱到腳抽筋。今後出場人物還會增加，敬請期待。多謝大家的支持。

還要向編輯部的各位、校對人員，與行銷相關的所有人致上謝意。

這個故事能像這樣化為形體，都是多虧了許多人竭力而為。

今後我會盡量努力，期許未來也能永遠合作。

那麼，後記真的來到最後了。拿起本書的先生小姐，還有在「成為小說家吧」就支持本作品的讀者們，真的非常感謝。

期待能在下一集《Re：從零開始的異世界生活2》再相見！

2013年11月　長月達平

「Re：從零開始」發售紀念
公開
初期案大後悔！
S·M·O
（昴同學 真的有夠大叔）
嗯～～
根本不像十幾歲的人的臉。
長相凶惡，體格也不錯
如果是這個昴同學
就算在異世界
應該也能如常戰鬥。
E·M·
（愛蜜莉雅醬 真的有夠
服裝很樸素。
超樸素的。
很慶幸這個
沒有被選上。
下一集預定會
○○&××的
初期案喔。
掰啦！
コンビニ

「姊姊、姊姊，大消息。我們負責為大家宣傳《Re：從零開始的異世界生活》第二集的預告耶。」

「是嗎，終於要出第二集了……是在這部作品登場的主要女性角色值得紀念的事。」

「是的，由姊姊作為壓軸登場，讀者們應該也會很高興。連續三個月每個月出版一集，這樣就能讓姊姊立刻登場，雷姆也很佩服編輯部的睿智判斷。」

「聽說發售日是二月二十五日，反正都要出，一口氣出三集不是更好。」

「姊姊，其實雷姆有聽說，月刊Comic Alive那邊似乎也有特集。」

「唉呀，拉姆沒聽說呢。不過，這跟連續三個月出書有什麼關係……」

「是的。月刊Comic Alive以一月二十七日發售的三月號開始，也是連續三個月製作《Re：從零開始的異世界生活》附錄特集。這三個月都會有大塚真一郎老師全新繪製的封面，這條件可是破例呢。所以書籍和月刊Comic Alive是互相搭配發售的。」

「嗯——連續三個月這麼做有其意義在。附錄又是什麼呢？」

「好像是打著『Re：Zero美術設計圖』的名號，用大塚老師的插圖作角色介紹，還附有未發表的外傳小說。似乎是愛蜜莉雅大人和姊姊以及雷姆的故事。」

「主角完全沒出現呢。算了，羅茲瓦爾大人以外的男性故事沒人會想看，這也是編輯部的睿智判斷。這不是很清楚該怎麼做事才對嘛。」

「是的。能被姊姊這麼說，編輯部的人的努力就算有了回報，他們一定很開心。」

「裝腔作勢卻又醜態百出的主角，在名為貴族宅邸的新關卡中會怎樣丟人現眼拚命掙扎呢？昴的看頭就只有這樣了。」

「會被什麼理由追趕，逼到走投無路有性命危機呢？昴會犯下的輕率之舉有太多可以猜想得到，所以在下一個故事中也免不了勞心勞力吧。」

「《Re：從零開始的異世界生活》第二集，將在二月二十五日發售，請盡快前往書店購買。」

「直到最後都不忘職責，姊姊真是太棒了。」

註：以上日期皆為日本地區的發售時間。

Re:從零開始的異世界生活 1

原書名：Re:ゼロから始める異世界生活 1

作者：長月達平
插畫：大塚真一郎
譯者：黃盈琪

2015年2月25日　初版一刷發行
2016年4月25日　初版四刷發行

發行人：黃詠雪
副總編輯：洪宗賢
責任編輯：葉依慈　責任美編：李潔茹

國際版權：徐凡媗

出版者：青文出版社股份有限公司
住　址：10442台北市長安東路一段36號3樓
電　話：（02）2541-4234
傳　真：（02）2541-4080
網　址：www.ching-win.com.tw

法律顧問：敦維法律事務所 郭睦萱律師

製　版：嘉陽印刷事業有限公司
印　刷：立言彩色印刷有限公司

國家圖書館出版品預行編目資料

Re：從零開始的異世界生活 / 長月達平作；黃盈琪翻譯.
-- 初版. -- 臺北市：青文, 2015.02-
冊；　公分
譯自：Re：ゼロから始める異世界生活

ISBN 978-986-356-196-5(第1冊：平裝)

861.57　　103025430